Edition Weitbrecht

Die Bibliothek von Babel

Idee und Design
von
Franco Maria Ricci

Die Verschwiegenheit der Lady Anne von Saki

Mit einem Vorwort von Jorge Luis Borges

CIP-Kurztitelaufnahme der Deutschen Bibliothek

Die Bibliothek von Babel: e. Sammlung phantast. Literatur / hrsg. von Jorge Luis Borges. – Stuttgart: Edition Weitbrecht
NE: Borges, Jorge Luis [Hrsg.]
Bd. 23 → Saki: Die Verschwiegenheit der Lady Anne

Saki:
Die Verschwiegenheit der Lady Anne / Saki. [Dt. Übers. von Günter Eichl und Eike Schönfeld]. – Stuttgart: Edition Weitbrecht, 1984.
(Die Bibliothek von Babel; Bd. 23)
Einheitssacht.: The Reticence of Lady Anne ⟨dt.⟩
ISBN 3 522 71230 7

Design von Franco Maria Ricci und Marcella Boneschi, Mailand.
Den Text setzte die Utesch Satztechnik GmbH, Hamburg, in der Bodoni 12 Punkt.
Reproduziert von Reisacher Repro, Stuttgart.
Gedruckt von Gutmann, Heilbronn.
Gebunden von Wilhelm Röck, Weinsberg.

Vorwort

Wie Thackeray, wie Kipling und wie so viele andere berühmte Engländer wurde Hector Hugh Munro im Orient geboren und erlebte in England die Trostlosigkeit einer Kindheit ohne Elternhaus, die in seinem Fall von zwei tyrannischen Tanten streng bewacht wurde. Der Name Munro ist der einer alten schottischen Familie; seinen Künstlernamen Saki nahm er aus den Ruba-ijat *(das persische Wort bedeutet soviel wie Mundschenk). Nach dem Zeugnis seiner Schwester Ethel waren die Pflegetanten, Augusta und Charlotte, beide gleich ekelhaft; der Umstand, daß sie Tiere haßten, dürfte nicht unbeteiligt gewesen sein an der Liebe, die Munro diesen stets entgegengebracht hat. In seinen Werken wimmelt es von abscheulichen, herzlosen Erwachsenen, deren bloße Gegenwart ihren Mitmenschen das Leben vergällt, und von der Freundschaft mit Tieren, in der immer etwas von Magie steckt.*

Nach Beendigung seines Universitätsstudiums in England ging er in seine Heimat Burma zurück, um einen Posten bei der Militärpolizei anzutreten. Sieben Fieberanfälle in wenig mehr als einem Jahr zwangen ihn zur Rückkehr, nach der er sich in London als Journalist betätigte. Er begann mit politischen Satiren in der Westminster Gazette *und war von 1902 bis 1908 Korrespondent der* Morning Post *in Polen, Rußland und Paris. Hier lernte er, gutes Essen zu schätzen und schlechte Literatur zu verabscheuen. 1914, im Alter von vierundzwanzig Jahren, war er einer von den ehrenhaften hunderttausend Freiwilligen, die England nach Frankreich schickte. Er diente als einfacher Soldat und fiel im Winter 1916 beim Angriff auf Beaumont-Hamel. Seine letzten Worte sollen gewesen sein:* Put out that bloody cigarette! *Es ist nicht ausgeschlossen, daß er damit den Krieg gemeint hat.*
Sein Leben war das eines Weltbürgers, aber sein ganzes Werk – mit Ausnahme einer einzigen Erzählung, auf die wir noch zu sprechen kommen – spielt in England, dem Land seiner traurigen Kindheit. Er hat diese Zeit nie ganz überwunden, deren hoffnungslose Drangsal ihm den Stoff für seine literarische Arbeit lieferte. Das hat nichts Ungewöhnliches: Bekanntermaßen ist das Unglück eines der dichterischen Grundelemente. Das England, das er erlitten und verwendet hat, war das der viktorianischen Mittelklasse, die von der Langeweile und der endlosen Wiederholung des Gewohnten beherrscht war. Mit ätzendem, typisch englischem Humor hat Munro diese Gesellschaft gegeißelt.

Die erste Erzählung dieser Reihe, The Reticence of Lady Anne (Die Verschwiegenheit der Lady Anne), *gibt sich satirisch, wird aber plötzlich grausig.* The Story-Teller (Der Märchenonkel) *verspottet die Konventionen der Erbauungstraktätchen und der Scheinheiligkeit. Die unglückliche Kindheit des Verfassers ersteht wieder auf in* The Lumber-Room (Die Rumpelkammer), *einem Vorläufer von* Sredni Vashtar *und erinnert stellenweise an H. G. Wells großartiges* Die Tür in der Mauer. *Das* Gabriel Ernest *betitelte Stück weicht von der bei Saki gewohnten satirischen Form ab und greift ein weltweites Mythos auf, ohne irgendwie in Altertümelei zu verfallen. Die Hauptfigur von* Tobermory *ist ebenfalls ein Tier, das seltsamerweise gerade durch das, was an ihm menschlich und vernünftig ist, bedrohlich wird. Soweit uns bekannt, hat* The Background (Der Untergrund) *an Extravaganz in der Literatur nicht seinesgleichen: Als Null ist der Held wertvoll; sobald er seine Respektabilität wiedergewinnt, wird er zum Nichts. Die handelnden Personen in* The Unrest Cure (Die Therapie) *wissen nicht, worum es geht; nicht so der Leser, der zu einem gutwilligen und amüsierten Mitwisser wird. In* The Peace of Mowsle Barton (Der Friede von Mowsle Barton) *empfinden wir eindrücklich das Absonderliche des Hexentums, in dem sich Macht, Magie, Ignoranz, Bosheit, Elend und Verfall mischen.* Quail Seed (Wachtelfutter) *weist schon mit dem seltsamen Titel auf die Willkür und Dummheit menschlichen Verhaltens hin. Nicht das Übernatürliche selbst, sondern seine Vorspiegelung ist das Grundthema von* The Open Window (Die offene Tür). *Hätten wir jedoch zwei Erzählungen unserer Anthologie auszuwählen (nichts zwingt uns allerdings zu dieser Beschränkung), würden wir* Sredni Vashtar *und* The Interlopers (Die Aufschneider) *den Vorzug geben. Die erste ist doppelsinnig – wie wohl jede gute Geschichte: Wir dürfen annehmen, daß Sredni Vashtar wirklich ein Gott war und das Unglückskind dies ahnte; aber auch die andere Vermutung ist erlaubt, daß die Verehrung des Kindes aus dem Frettchen eine Gottheit machte, und ebenso kann man sich vorstellen, daß die Kraft des Tieres von dem Kind ausgeht, das in Wahrheit der Gott ist, ohne es zu wissen. Gut ist, daß das Frettchen in das Unbekannte zurückkehrt, aus dem es kam; nicht minder brillant ist das Mißverhältnis zwischen der Freude des befreiten Kindes und der Banalität des Toaströstens. Ganz anders ist die mit* Die Aufschneider *betitelte Erzählung. Sie spielt, wie R. L. Stevensons* Prince Otto, *in jenem waldigen und geheimnisvollen Herz Europas, das weniger mit der Geographie als mit der Phantasie zu tun hat. Wir werden nie erfahren, ob es sich hier um ein persönliches Erlebnis handelt; es kommt uns vor wie ein Geschehnis außerhalb der Zeit, das sich oftmals und unter sehr verschiedenen Umständen zugetragen haben muß. Die Figuren sind nur im Rahmen der Handlung lebendig, aber das kommt ihr zugute, denn das ist dem Märchen und der Sage eigen. Der Titel nimmt die Endzeile vorweg, die dennoch verblüffend und einzigartig bewegend ist. Für Gott, nicht für die Menschen,*

werden die beiden Feinde, die im Grunde eine einzige Person sind, erlöst.
Saki erzählt seine Geschichten in lockerem Ton, mit einer gewissen Verschämtheit, dabei sind sie eigentlich bitterböse. Diese Zartheit, die unpathetische Leichtigkeit und das Fehlen jeglichen Pathos mag uns an die geistreichen Komödien Oscar Wildes erinnern.

Jorge Luis Borges

Die Verschwiegenheit der Lady Anne

Egbert kam in den großen Salon, der nur schwach erleuchtet war; er machte den Eindruck eines Menschen, der sich nicht ganz klar ist, ob er einen Taubenschlag oder eine Munitionsfabrik betritt, und der daher mit allem rechnet. Der kleine Familienstreit beim Mittagessen war nicht bis zu einer Entscheidung ausgefochten worden, und die Frage war, inwieweit Lady Anne gewillt war, die Feindseligkeiten wiederaufzunehmen oder zu vergessen. Ihre Haltung, mit der sie in dem Sessel neben dem Teetischchen saß, war von vollendeter Strenge; im Dämmerlicht des Dezembernachmittags konnte Egbert selbst mit Hilfe seines Kneifers den Ausdruck ihres Gesichts nicht genau erkennen.

Um auf jeden Fall das Eis zu brechen, das sich an der Oberfläche gebildet hatte, machte er eine ganz bestimmte Bemerkung; sowohl er selbst als auch Lady Anne waren gewohnt, daß einer von ihnen diese Bemerkung an winterlichen oder spätherbstlichen Nachmittagen in der Zeit zwischen sechzehn Uhr dreißig und achtzehn Uhr machte. Eine Erwiderung pflegte nicht zu erfolgen – und so schwieg auch Lady Anne.

Don Tarquino lag lang ausgestreckt auf dem Perserteppich. In unnachahmlicher Gleichgültigkeit gegenüber der möglicherweise schlechten Laune Lady Annes genoß er den warmen Schein des Kaminfeuers. Sein Stammbaum war genauso fehlerfrei persisch wie der des Teppichs, und sein Schnurrbart kam nun bereits in das zweite Jahr. Der junge Diener – ein Verehrer der Renaissance – hatte ihn auf den Namen «Don Tarquino» getauft. Andernfalls hätten Egbert und Lady Anne ihn zweifellos *Fluff* gerufen – aber in solchen Dingen waren sie nicht halsstarrig.

Egbert goß sich eine Tasse Tee ein. Als nichts darauf schließen ließ, daß Lady Anne das Schweigen von sich aus brechen würde, überwand er sich zu einem neuen Versuch.

«Die Bemerkung, die ich bei Tisch machte, hatte eine rein akademische Bedeutung», verkündete er. «Ich habe den Eindruck, daß du sie unnötigerweise persönlich genommen hast.»

Lady Anne hielt die abwehrende Barriere des Schweigens weiterhin aufrecht. Der Dompfaff füllte die eingetretene Pause, indem er gelangweilt eine Arie aus *Iphigenie auf Tauris* pfiff. Egbert erkannte sie sofort, weil es die einzige Melodie war, die der Dompfaff überhaupt pfeifen konnte; schon als der Vogel zu ihnen kam, hatte man ihm nachgesagt, daß er diese Arie pfeifen könne. Sowohl Egbert als auch Lady Anne hätten es zwar lieber gesehen, wenn es irgendeine Melodie aus *Der Königliche Leibgardist*, ihrer Lieblingsoper, gewesen wäre. In künstlerischen Dingen herrschte zwischen ihnen eine Ähnlichkeit des Geschmacks: In der Kunst liebten beide Ehrlichkeit und Offenheit; so bevorzugten sie zum Beispiel jene Gemälde, die mit weitgehender Unterstützung ihres Titels eine ganze Geschichte erzählen können. Ein reiterloses Schlachtroß, dessen Sattelzeug unmißverständlich in Unordnung geraten ist, das gerade in einen mit blassen und ohnmächtigen Frauen bevölkerten Schloßhof stolpert und demzufolge unter die Rubrik *Schlechte Nachricht* fallen kann, rief in ihrer Phantasie sofort den Eindruck einer militärischen Katastrophe hervor. Deutlich konnten sie erkennen, was das Bild sagen wollte; und so waren sie auch in der Lage, es ihren Bekannten von gemäßigterer Intelligenz zu erläutern.

Das Schweigen dauerte an. In der Regel wurde Lady Annes Mißfallen nach vier einleitenden, stummen Minuten deutlich vernehmbar. Egbert griff nach dem Sahnekännchen und goß einen Teil seines Inhalts in Don Tarquinos Schüssel. Da diese Schüssel bereits gefüllt war, bestand das Ergebnis seiner Bemühung in einem Fleck, den die übergelaufene Sahne bildete. Don Tarquino beobachtete den Vorgang mit überraschtem Interesse, das sich in restlose Verblüffung verwandelte, als er von Egbert aufgefordert wurde, einen Teil der übergeflossenen Sahne aufzulecken. Don Tarquino war es

gewohnt, in seinem Leben die verschiedensten Rollen spielen zu müssen – aber die eines Aufwischlappens gehörte keinesfalls dazu.
«Bist du nicht auch der Ansicht, daß wir uns ziemlich töricht benehmen?» fragte Egbert ungezwungen.
Möglicherweise war Lady Anne seiner Ansicht – zugeben tat sie es jedenfalls nicht.
«Ich gestehe, daß die Schuld zu einem Teil bei mir liegt», fuhr Egbert mit einer Heiterkeit fort, die ihre Wirkung verfehlte. «Schließlich bin ich auch nur ein Mensch, nicht wahr? Das scheinst du ganz vergessen zu haben!»
Auf dieser Feststellung beharrte er, als bestünde die unbegründete Vermutung, daß er ein Satyr sei – mit den Merkmalen eines Ziegenbockes dort, wo das Menschliche aufhört.
Der Dompfaff empfahl sich weiterhin mit seiner Arie aus *Iphigenie auf Tauris*. Egbert wurde von einem Gefühl der Niedergeschlagenheit übermannt. Lady Anne rührte nicht einmal ihre Tasse Tee an; vielleicht fühlte sie sich unwohl? In diesem Fall war es jedoch ungewöhnlich, daß sie sich darüber ausschwieg. «Kein Mensch weiß, wie sehr ich unter Magenverstimmungen leide», war eine ihrer beliebten Feststellungen. Das mangelnde Wissen der anderen konnte jedoch in diesem Punkt nur auf ungenaues Zuhören zurückzuführen sein, denn die Fülle der Mitteilungen hätte ausgereicht, um eine Monographie zu schreiben.
Offensichtlich fühlte Lady Anne sich also nicht unwohl.

Egbert hatte die Empfindung, unbillig behandelt zu werden. Aus diesem Grunde war er selbstverständlich bereit, Zugeständnisse zu machen.
«Ich gebe zu», bemerkte er, stand bei diesen Worten auf und stellte sich, soweit Don Tarquino es zuließ, auf den Mittelpunkt des Persers, «ich gebe zu, daß man mir die Schuld zuschieben kann. Und ich bin bereit, ab sofort den Vorsatz zu einem besseren Leben zu fassen – sofern sich die Dinge dadurch bessern lassen.»
Er überlegte bereits, wie sich dieser Vorsatz verwirklichen ließe. Da er die erste Lebenshälfte bereits hinter sich hatte, traten Versuchungen nur noch in Andeutungen und ohne Nachdruck an ihn heran – ähnlich wie bei jenem zu kurz gekommenen Schlächterjungen, der im Februar nur aus dem Grunde nach seinem Weihnachtsgeschenk fragt, weil er es im Dezember nicht bekommen hat. Die Vorstellung, daß er ihnen erliegen könne, war ihm genauso unvorstellbar wie der Gedanke, die Fischbestecke und Pelzstolen zu kaufen, zu deren Opferung manche Dame im Laufe der zwölf Monate eines Jahres gezwungen ist und zu deren Durchführung sie sich einer Zeitungsannonce bedient. Dennoch lag über Egbert ein Hauch des Eindrucksvollen, ausgelöst durch den freiwilligen Verzicht auf jene ungeheuren Möglichkeiten, die vielleicht noch seiner harrten.
Durch keine Andeutung gab Lady Anne zu verstehen, in irgendeiner Form davon beeindruckt zu sein.
Nervös blickte Egbert sie durch seinen Kneifer

hindurch an. Daß er ihr gegenüber durch schlechte Argumente im Nachteil war, bedeutete für ihn keine Überraschung; daß er jedoch einen Monolog halten mußte, war für ihn genauso neu wie demütigend.

«Ich werde mich jetzt zum Abendessen umziehen», verkündete er, und in seiner Stimme schwang die Andeutung seines festen Entschlusses mit, nicht zu Kreuze zu kriechen.

An der Tür überkam ihn zum letztenmal seine Schwäche, so daß er noch einen Versuch machte.

«Eigentlich benehmen wir uns ziemlich albern, nicht wahr?»

«Dummkopf!» lautete Don Tarquinos unausgesprochener Kommentar, als die Tür sich hinter Egbert schloß. Dann stellte er sich auf seine Sammetpfoten und sprang leichtfüßig auf das Bücherregal, direkt unter den Käfig des Dompfaffs; zum erstenmal schien er die Anwesenheit des Vogels bemerkt zu haben. Dann aber führte er mit der Präzision gereifter Überlegung das aus, was er sich seit langem schon vorgenommen hatte. Der Dompfaff, der sich immer als Despot gefühlt hatte, war plötzlich auf ein Drittel seines sonstigen Umfangs zusammengeschrumpft; gleich darauf verfiel er in hilfloses Flügelschlagen und entsetztes Kreischen. Ohne das Vogelbauer hatte er siebenundzwanzig Shillinge gekostet – aber Lady Anne rührte sich nicht, um einzugreifen. Sie war seit zwei Stunden tot.

Der Märchenonkel

Der Nachmittag war schwül, und in dem Eisenbahnabteil war es dementsprechend stickig. Der nächste Bahnhof, auf dem der Zug wieder halten würde, war Templecombe, und bis dahin dauerte es etwa noch eine Stunde. Die Insassen des Abteils waren ein kleines Mädchen, ein noch kleineres Mädchen und ein kleiner Junge. Die zu diesen Kindern gehörende Tante hatte den einen Fensterplatz eingenommen, während sich auf dem anderen ein Junggeselle niedergelassen hatte, der nicht zu dieser Gruppe gehörte. Die kleinen Mädchen und der kleine Junge hatten jedoch das ganze Abteil begeistert mit Beschlag belegt. Sowohl die Tante als auch die Kinder waren auf eine beschränkte, beharrliche Art ziemlich mitteilsam und erinnerten an die Aufdringlichkeit einer Stubenfliege, die sich durch nichts entmutigen läßt. Die Bemerkungen der Tante schienen meist mit «nicht doch!» anzufangen, die der Kinder fast ausschließlich mit «Warum?». Der Junggeselle behielt seine Gedanken für sich. «Nicht doch, Cyril – nicht doch!» rief die Tante, als der kleine Junge anfing, auf den Sitzkissen herumzuklopfen, so daß jeder Schlag eine Staubwolke aufwirbelte.

«Sieh doch einmal aus dem Fenster», fügte sie noch hinzu.

Widerwillig trat das Kind an das Fenster. «Warum werden denn die Schafe da drüben von der Wiese weggetrieben?» fragte der kleine Junge.

«Wahrscheinlich werden sie jetzt auf eine andere Wiese getrieben, auf der mehr Gras wächst», meinte die Tante zögernd.

«Aber auf dieser Wiese ist doch noch so viel Gras!» wandte der Junge ein. «Die ganze Wiese ist noch voll. Tante, die ganze Wiese ist doch noch voll Gras.»

«Vielleicht ist das Gras auf der anderen Wiese besser», erwiderte die Tante ziemlich albern.

«Warum ist es denn auf der anderen Wiese besser?» kam sofort die unvermeidbare Frage.

«Ach – sieh doch einmal die vielen Kühe dort drüben!» rief die Tante. Auf beinahe jeder Wiese an der Bahnstrecke weideten Kühe oder Ochsen; sie aber tat, als müsse sie die Aufmerksamkeit des Jungen auf ein einmaliges Erlebnis lenken.

«Warum ist das Gras auf der anderen Wiese besser?» fragte Cyril unnachgiebig.

Die Falten auf der Stirn des Junggesellen vertieften sich zu Runen. Ein harter, unsympathischer Mensch, stellte die Tante fest. Sie war jedoch nicht in der Lage, den Grund für das Wegtreiben der Schafe festzustellen.

Das kleinere Mädchen sorgte für Ablenkung, indem es ein langes Gedicht aufsagte. Es kannte zwar nur die erste Zeile, nutzte sein begrenztes Wissen jedoch äußerst weitgehend aus: Immer wieder fing es mit seiner verträumten, jedoch festen und deutlich vernehmbaren Stimme von vorne an. Der Junggeselle verfiel auf den Gedanken, daß irgend jemand mit dem Mädchen gewettet haben müsse, es könne diese eine Zeile keine zweitausendmal aufsagen, ohne sich einmal zu unterbrechen; wer jedoch diese Wette auch eingegangen sein mochte – aller Wahrscheinlichkeit nach würde er sie verlieren. «Setzt euch jetzt neben mich; ich werde euch eine Geschichte erzählen», sagte die Tante, nachdem der Junggeselle sie zweimal und die Notbremse einmal angesehen hatte.

Gelangweilt versammelten die Kinder sich neben ihrer Tante. Offensichtlich genoß sie bei den Kindern als Erzählerin keinen sehr guten Ruf.

Mit gedämpfter, eindringlicher Stimme fing sie an – häufig unterbrochen von lauten, ungeduldigen Fragen aus dem Kreis ihrer Zuhörer –, die ereignislose und bemerkenswert uninteressante Geschichte eines kleinen Mädchens zu erzählen, das ein guter Mensch war und deshalb mit jedem anderen Menschen sogleich enge Freundschaft schloß; und weil das Mädchen so gut war, wurde es schließlich von vielen Helfern, die seinen untadeligen Charakter bewunderten, vor einem wildgewordenen Bullen gerettet.

«Hätten die Leute das Mädchen nicht gerettet, wenn es nicht so gut gewesen wäre?» wollte das größere der beiden kleinen Mädchen wissen. Genau das gleiche wollte der Junggeselle auch fragen.
«Doch – sicherlich», gab die Tante zögernd zu. «Aber vielleicht wären sie ihm nicht so schnell zu Hilfe gekommen, wenn sie es nicht so gern gemocht hätten.»
«So eine dumme Geschichte hat uns noch keiner erzählt», meinte das größere der beiden kleinen Mädchen.
«Ich habe nachher gar nicht mehr zugehört – so dumm war die Geschichte», sagte Cyril.
Das kleinere Mädchen sagte überhaupt nichts; es war seit einiger Zeit wieder damit beschäftigt, die von ihr so geliebte erste Zeile des Gedichtes vor sich hinzumurmeln.
«Einen allzu großen Erfolg haben Sie mit Ihren Geschichten anscheinend nicht», sagte der Junggeselle plötzlich aus seiner Ecke.
Diesem vollkommen unerwarteten Angriff trat die Tante sofort entgegen.
«Es ist auch sehr schwer, eine Geschichte zu erzählen, die die Kinder nicht nur verstehen, sondern die ihnen auch gefällt», erwiderte sie förmlich.
«In diesem Punkt bin ich anderer Ansicht», sagte der Junggeselle.
«Vielleicht möchten Sie den Kindern eine Geschichte erzählen?» schlug die Tante vor.
«O ja – erzähl uns eine Geschichte!» verlangte das größere der beiden kleinen Mädchen.
Also begann der Junggeselle mit seiner Geschichte:

«Es war einmal ein kleines Mädchen, das Bertha hieß und ungewöhnlich gut war.»
Das zuerst geweckte Interesse der drei Kinder begann sofort wieder nachzulassen. Alle Geschichten schienen sich gräßlich ähnlich zu sein – ganz gleich, wer sie erzählte.
«Sie tat alles, was man ihr auftrug, war immer ehrlich, hielt ihre Kleider sauber, aß Milchpuddings – als seien es Marmeladentörtchen –, lernte immer ihre Hausaufgaben und war zu allen Menschen nett und freundlich.»
«War sie hübsch?» fragte das größere der beiden kleinen Mädchen.
«Nicht so hübsch wie ihr beide», sagte der Junggeselle. «Dafür war sie jedoch schrecklich gut.»
Man spürte, daß die Geschichte eine zustimmende Reaktion auslöste. Das Wort *schrecklich* war im Zusammenhang mit dem Wörtchen *gut* eine Neuheit, die für sich sprach. Dadurch bekam das Ganze einen Schimmer von Wahrheit, der den Geschichten der Tante völlig fehlte.
«Sie war so gut», fuhr der Junggeselle fort, «daß sie mehrere Medaillen bekam; und diese Medaillen steckte sie an ihr Kleid und trug sie Tag für Tag. Sie hatte eine Medaille für Folgsamkeit, eine für Pünktlichkeit und die dritte für gutes Betragen. Alle drei Medaillen waren groß und aus Metall, und bei jedem Schritt schlugen sie gegeneinander und klimperten. Kein anderes Kind aus der ganzen Stadt, in der das Mädchen wohnte, hatte drei Medaillen, und so wußte jeder, daß dieses Mädchen ein besonders gutes Kind sein mußte.»

«Schrecklich gut», verbesserte Cyril.
«Jeder sprach davon, daß das Mädchen so ausnehmend gut war, und so hörte eines Tages auch der König davon und ordnete an, daß das Mädchen einmal in der Woche in seinem Park spazierengehen dürfe, der gleich vor den Toren der Stadt lag – zur Belohnung. Der Park war wunderschön, und kein Kind durfte ihn sonst betreten; für Bertha war es also eine große Ehre, dort spazierenzugehen.»
«Waren in dem Park auch Schafe?» fragte Cyril.
«Nein», erwiderte der Junggeselle, «Schafe gab es in dem Park nicht.»
«Warum gab es in dem Park denn keine Schafe?» lautete die Frage, die die Antwort des Junggesellen heraufbeschworen hatte.
Die Tante erlaubte sich ein Lächeln, das man beinahe schon als Grinsen bezeichnen konnte.
«Schafe gab es in dem Park nicht, weil die Mutter des Königs einmal geträumt hatte, daß ihr Sohn entweder von einem Schaf getötet oder aber von einer herunterfallenden Uhr erschlagen werden würde», sagte der Junggeselle. «Aus diesem Grunde hatte der König befohlen, daß es im Park keine Schafe und Uhren geben dürfe.»
Die Tante unterdrückte einen Seufzer der Bewunderung.
«Und da der König immer noch lebt, wissen wir auch nicht, ob der Traum Wirklichkeit werden wird», sagte der Junggeselle betont gleichgültig. «Jedenfalls gab es in dem ganzen Park nicht ein Schaf – dafür jedoch eine Unmenge kleiner Schweinchen, die überall umherliefen.»

«Wie sahen die Schweinchen denn aus?»
«Schwarz mit weißen Schnauzen, weiß mit schwarzen Flecken, ganz schwarz, grau mit weißen Flekken, und ein paar waren auch ganz weiß.»
Der Erzähler schwieg einen Augenblick, damit die Phantasie der Kinder die im Park vorhandenen Schätze auch ganz erfassen konnte. Dann fuhr er fort:
«Bertha war sehr traurig, als sie feststellte, daß es im Park nicht eine einzige Blume gab. Mit Tränen in den Augen hatte sie nämlich ihren Tanten versprochen, daß sie keine Blume des Königs abpflükken und daß sie ihr Versprechen bestimmt halten würde. Und als sie sah, daß es gar keine Blumen gab, die man pflücken könnte, kam sie sich sehr töricht vor.»
«Warum gab es denn keine Blumen im Park?»
«Weil die Schweinchen alle aufgefressen hatten», erwiderte der Junggeselle sofort. «Die Gärtner hatten dem König schon gesagt, daß Schweinchen und Blumen nicht zusammen gedeihen; und daher hatte sich der König entschlossen, dann eben nur Schweinchen und keine Blumen in seinem Park zu haben.»
Der vortreffliche Entschluß des Königs löste beifälliges Gemurmel aus; die meisten hätten sich nämlich anders entschieden.
«In dem Park gab es jedoch noch eine Menge anderer herrlicher Dinge. Es gab Teiche mit goldenen, blauen und grünen Fischen, Bäume mit wunderschönen Papageien, die auf alles eine Antwort wußten, und Singvögel, die jedes Lied singen konn-

ten. Bertha spazierte hin und her, freute sich unendlich und sagte: ‹Wenn ich nicht so ungewöhnlich gut wäre, würde man mir nicht erlaubt haben, diesen wunderschönen Park zu betreten und alles, was es hier zu sehen gibt, zu genießen.› Und während sie so dahinspazierte, klimperten die drei Medaillen laut und erinnerten sie unaufhörlich daran, daß sie ein so guter Mensch sei. Zur gleichen Zeit trabte jedoch ein ungeheuer großer Wolf durch den Park, der versuchen wollte, sich zum Abendbrot eines der fetten Schweinchen zu fangen.»

«Wie sah der Wolf denn aus?» fragten die Kinder, und ihr Interesse schien kometenhaft emporzuschnellen.

«Schmutziggrau, mit pechschwarzer Zunge und hellgrauen Augen, die vor Grausamkeit nur so funkelten. Das erste, was er im Park erblickte, war Bertha: ihre Schürze war so blendend weiß und sauber, daß man sie schon von weitem leuchten sah. Bertha entdeckte den Wolf jedoch auch und merkte, daß er immer näher schlich. Und auf einmal wünschte sie von ganzem Herzen, daß man ihr das Betreten des Parks nie erlaubt hätte. Sie rannte, so schnell sie konnte, und der Wolf folgte ihr in großen Sätzen. Es gelang ihr jedoch, eine Myrtenhecke zu erreichen, und schnell versteckte sie sich in dem dichtesten Busch. Der Wolf war inzwischen herangekommen; er schnüffelte an den Büschen entlang, und seine schwarze Zunge hing ihm lang aus dem Maul, während seine Augen böse funkelten. Bertha hatte entsetzliche Angst und dachte nur: Wenn ich nicht so ungewöhnlich gut

wäre, säße ich jetzt zu Hause und wäre in Sicherheit.
Der Duft der Myrte war jedoch so kräftig, daß der Wolf mit seiner Nase nicht genau feststellen konnte, an welcher Stelle Bertha sich versteckt hatte; und die Zweige waren so dicht, daß er vor der Hecke auf und ab schnüffeln konnte, ohne sie zu sehen. Deshalb beschloß er schließlich, weiterzugehen und eines der Schweinchen zu fangen. Als der Wolf so dicht vor ihr stand, fing Bertha plötzlich an zu zittern; und weil sie so zitterte, schlug die Medaille für Folgsamkeit gegen die beiden anderen für Pünktlichkeit und für gutes Betragen, so daß es klimperte. Der Wolf wollte gerade weitergehen. Als er das Klimpern hörte, blieb er jedoch stehen. Immer noch klimperte es in einem Busch ganz in der Nähe. Er sprang hinein. Seine hellgrauen Augen funkelten wild und triumphierend – und dann zog er Bertha aus ihrem Versteck und fraß sie auf bis auf den letzten Knochen. Übrig blieben nur ihre Schuhe, einige Stoffetzen und die drei Medaillen aus Metall.
«Und die Schweinchen?»
«Die Schweinchen waren inzwischen geflohen.»
«Die Geschichte fing schlecht an», sagte das kleinere der kleinen Mädchen, «aber der Schluß war wunderschön.»
«Das war die schönste Geschichte, die ich bis jetzt gehört habe», sagte das größere der kleinen Mädchen fest und entschlossen.
«Das war bisher die *einzige* Geschichte, die schön war», sagte Cyril.

Die Tante war jedoch anderer Ansicht. »Eine höchst unpassende Geschichte für Kinder! Damit haben Sie das Ziel einer jahrelangen, sorgfältigen Erziehung untergraben!»
«Jedenfalls...» sagte der Junggeselle, suchte sein Gepäck zusammen und machte sich zum Aussteigen bereit, «jedenfalls waren die Kinder auf diese Weise zehn Minuten ruhig. Und das war mehr, als Sie erreicht haben.»
Die Unglückliche! dachte er, als er auf dem Bahnsteig von Templecombe stand. Mindestens sechs Monate lang werden die Kinder sie in aller Öffentlichkeit um eine höchst unpassende Geschichte bitten.

Die Rumpelkammer

Zur besonderen Belohnung durften die Kinder nachmittags an den Strand von Jagborough fahren. Nicholas mußte zu Hause bleiben; er war ungezogen gewesen. Morgens, beim Frühstück, hatte er sich nämlich geweigert, seine Milchsuppe zu essen – aus dem scheinbar sinnlosen Grund, daß ein Frosch in der Suppe sitzt. Ältere, klügere und verständigere Menschen hatten ihm klargemacht, daß kein Frosch in seiner Suppe sitzen könne und daß er keinen Unsinn reden solle. Trotzdem beharrte er auf seiner Begründung, die purer Wahnsinn zu sein schien, und gab eine ins einzelne gehende Beschreibung des Aussehens und der Färbung jenes Tieres. Der dramatische Höhepunkt dieses Zwischenfalls bestand darin, daß sich tatsächlich ein Frosch in Nicholas' Suppenteller befand: Nicholas hatte ihn selbst hineingetan, und daher fühlte er sich auch berechtigt, alle Einzelheiten genau zu beschreiben.

Die Sünde, einen Frosch aus dem Garten geholt und ihn in die so gesunde Milchsuppe getan zu haben, wurde ausführlich besprochen; die Tatsache, die jedoch bei der ganzen Angelegenheit – so, wie sie sich in Nicholas' Augen darstellte – am deutlichsten hervortrat, war der Beweis, daß sich die älteren, klügeren und verständigeren Menschen zutiefst auch in jenen Fragen irren konnten, die sie angeblich ganz genau wußten.
«Ihr habt gesagt, daß in meinem Teller unmöglich ein Frosch sein könne, und es saß doch einer drin», wiederholte er mit der Hartnäckigkeit eines erfahrenen Taktikers, der nicht die Absicht hat, seine günstige Position jemals aufzugeben.
Sein Kusin, seine Kusine sowie sein völlig uninteressanter Bruder durften daher nachmittags an den Strand von Jagborough fahren, während er zu Hause bleiben mußte. Die Tante seines Kusins und seiner Kusine, die sich – auf Grund einer ungerechtfertigten Einbildung – auch als seine Tante bezeichnete, hatte sich eilends diesen Ausflug ausgedacht, um Nicholas jene Freuden vor Augen zu halten, die er sich durch sein ungezogenes Benehmen während des Frühstücks verscherzt hatte. Überhaupt hatte sie die Angewohnheit, irgend etwas besonders Schönes zu erfinden, sobald eines der Kinder ungezogen gewesen war, und den Missetäter unerbittlich davon auszuschließen. Hatten die Kinder jedoch gemeinsam etwas angestellt, wurde ihnen überraschend mitgeteilt, daß ein Zirkus in der Nachbarschaft sein Zelt aufgebaut habe – ein Zirkus mit einzigartigem Ruf und unzähligen Ele-

fanten – und daß man mit ihnen, wenn sie nicht so ungezogen gewesen wären, eigentlich gerade hinüberfahren wollte.
Vergebens suchte man auf Nicholas' Gesicht nach einigen Anstandstränen, als der Zeitpunkt herangekommen war, zu dem die kleine Reisegesellschaft aufbrach. Vielmehr war es seine Kusine, die furchtbar weinte, weil sie sich beim Einsteigen ziemlich schmerzhaft am Wagentritt gestoßen hatte.
«Und wie sie geheult hat», sagte Nicholas vergnügt, als die Reisegesellschaft ohne die geringste Hochstimmung, die man anläßlich einer derartigen Gelegenheit eigentlich erwarten konnte, abgefahren war.
«Sie wird es bald wieder vergessen», sagte die sogenannte Tante. «Jedenfalls werden sie einen herrlichen Nachmittag verleben und sich am Strand richtig austollen können. Bestimmt werden sie es richtig genießen.»
«Bobby bestimmt nicht, und viel laufen kann er auch nicht», sagte Nicholas schadenfroh. «Seine Schuhe drücken ihn nämlich. Sie sind ihm zu klein.»
«Warum hat er es denn mir nicht gesagt?» fragte die Tante ziemlich ärgerlich.
«Er hat es dir schon zweimal gesagt – aber du hast nicht richtig hingehört. Du hörst so oft nicht zu, wenn man dir etwas Wichtiges erzählt.»
«Übrigens ist dir für heute auch verboten, den Beerengarten zu betreten», sagte die Tante und ging damit auf ein anderes Thema über.
«Warum denn?» fragte Nicholas.

«Weil du ungezogen warst», erwiderte die Tante sehr von oben herab.
Diese logische Begründung erweckte jedoch bei Nicholas keine Bewunderung; er fühlte sich in der Lage, ungezogen gewesen zu sein und trotzdem in den Beerengarten zu gehen. Sein Gesicht hatte auf einmal einen ziemlich starrsinnigen Ausdruck, und seine Tante zweifelte nicht daran, daß er fest entschlossen war, den Beerengarten zu betreten – schon allein, weil ich es ihm verboten habe, wie sie sich sagte.
Der Beerengarten hatte indessen zwei Pforten, durch die man ihn betreten konnte; und wenn ein so kleiner Kerl wie Nicholas erst einmal drinnen war, konnte er sich ihren Blicken hinter den kräftig aufgeschossenen Artischocken, Himbeerranken und sonstigen Beerensträuchern ohne weiteres entziehen. An jenem Nachmittag hatte die Tante eigentlich eine Menge zu tun; mehr als eine Stunde verbrachte sie jedoch damit, an den Blumenbeeten und Ziersträuchern herumzupusseln, von denen aus sie beide Pforten, die in das verbotene Paradies führten, jederzeit im Auge behalten konnte. Sie war eine Frau fast ohne Phantasie, aber mit einem fast unbeschränkten Konzentrationsvermögen.
Nicholas machte verschiedene Streifzüge durch den Vordergarten und bewegte sich dabei mit unübersehbarer, wenn auch nicht allzu deutlicher Absicht in Richtung dieser oder jener Pforte; aber nicht einen Augenblick gelang es ihm, den wachsamen Blicken seiner Tante zu entgehen. Im Grunde wollte er auch gar nicht versuchen, in den Beerengarten zu

gelangen; es genügte ihm vielmehr, seine Tante in diesem Glauben zu bestärken. Und dieser Glaube war es auch, der sie während des größten Teils des Nachmittags auf ihrem selbstgewählten Beobachtungsposten festhalten würde. Nachdem Nicholas ihren Argwohn auf diese Weise angestachelt hatte, schlüpfte er ungesehen wieder in das Haus und machte sich schnell an die Ausführung eines Planes, der ihn schon seit langem beschäftigte. Wenn er sich in der Bibliothek auf einen Stuhl stellte, konnte er gerade auf jenes Regal hinauflangen, auf dem ein großer, bedeutsam aussehender Schlüssel lag. Und genauso bedeutsam, wie er aussah, war er auch: Er war das Mittel, mit dem die Geheimnisse der Rumpelkammer vor jedem unberechtigten Eindringen geschützt wurden und das den Weg nur für Tanten und ähnlich bevorzugte Personen freigab. Nicholas hatte bisher kaum Erfahrungen in der Kunst, einen Schlüssel in das dazugehörende Schlüsselloch zu stecken und Türschlösser auf diese Weise aufzusperren; er hatte diese Kunst jedoch inzwischen an der Tür zum Schulzimmer verschiedentlich geübt, denn er wollte nicht alles seinem Glück und dem Zufall überlassen. Und nun drehte sich der Schlüssel zwar schwerfällig im Schloß – aber er drehte sich. Die Tür ließ sich öffnen, und Nicholas befand sich in einem unbekannten Land, mit dem verglichen der ganze Beerengarten nur ein schales Vergnügen, nur eine rein materielle Freude war.

Wie oft hatte Nicholas sich ausgemalt, wie es in der Rumpelkammer wohl aussehen könnte – in jenem

Gebiet, das so sorgsam vor den kindlichen Blicken verborgen gehalten wurde: selbst jede entsprechende Frage war unbeantwortet geblieben. Jetzt sah er, daß die Rumpelkammer seinen hochgespannten Erwartungen entsprach. Erstens war sie sehr groß und lag in einem Dämmerlicht, da ein Dachfenster, das auf den verbotenen Garten hinausging, ihre einzige Lichtquelle war; und zweitens enthielt sie unvorstellbare Schätze. Die selbsternannte Tante gehörte auch zu jenen Menschen, die glauben, daß sich jeder Gegenstand durch Gebrauch nur abnützt, und die diese Dinge dann zur Aufbewahrung den Einflüssen von Staub und Feuchtigkeit überlassen. Nicholas wußte aus eigener Erfahrung, daß es im ganzen Hause nur langweilige Gegenstände gab; hier aber gab es Dinge, an denen das Auge schwelgen konnte. Zuerst und vor allem fiel ihm eine Art eingerahmter Wandteppich auf, der offensichtlich als Ofenschirm gedacht war. Für Nicholas war er jedoch eine ganze, lebendige und wahre Geschichte. Er setzte sich auf eine Rolle indischer Tapeten, deren wunderbare Farben selbst durch die Staubschicht hindurch leuchteten, und nahm jede Einzelheit des Wandteppichs in sich auf. Ein Mann, im Jagdkostüm irgendeiner vergangenen Zeit, hatte mit einem Pfeil gerade einen Hirsch getroffen. Sehr schwer konnte dieser Schuß nicht gewesen sein, da der Hirsch höchstens zwei Schritte von ihm entfernt war. In dem dichten Gewirr von Pflanzen, die das Bild zeigte, war es vermutlich auch sehr leicht gewesen, an den äsenden Hirsch heranzuschleichen; und die beiden gefleckten Hun-

de, die jetzt den Hirsch ansprangen, waren wahrscheinlich so abgerichtet worden, daß sie bis zum Abschießen des Pfeils hinter dem Jäger blieben.
Dieser Teil des Bildes war einfach, jedoch sehr interessant. Aber merkte der Jäger denn nicht – Nicholas sah es genau –, daß vier galoppierende Wölfe durch den Wald auf ihn zu rannten? Vielleicht waren es nicht nur diese vier, und die anderen wurden durch die davorstehenden Bäume verdeckt? Und war der Jäger mit seinen beiden Hunden überhaupt in der Lage, sich allein der vier Wölfe zu erwehren? Er hatte nur noch zwei Pfeile in seinem Köcher, und vielleicht verschoß er den einen oder sogar beide! Was das Bild von seiner Treffsicherheit verriet, war jedenfalls nur, daß er einen riesigen Hirsch auf eine lächerlich geringe Entfernung treffen konnte. Ungeheuer kostbar waren die Minuten, die Nicholas vor dem Bild verbrachte, während er alle Möglichkeiten durchging. Schließlich hatte er den Eindruck, daß hinter den vier Wölfen noch weitere kämen und daß sich der Jäger mit den beiden Hunden in einer kritischen Lage befand.
Aber auch noch andere interessante Dinge erregten Nicholas' Aufmerksamkeit. Da gab es merkwürdig gewundene Kerzenständer, die die Form von Schlangen hatten, und eine Teekanne, die wie eine Porzellanente aussah und aus deren geöffnetem Schnabel wahrscheinlich der Tee herausfloß. Wie häßlich und formlos war dagegen jene Kanne, aus der die Kinder ihren Tee bekamen! Und dann stand dort ein Kasten aus Sandelholz, vollgestopft mit

parfümierter Watte; und zwischen der Watte lagen kleine Messingfiguren, Buckelrinder, Pfauen und Kobolde, die nicht nur herrlich anzusehen waren, sondern mit denen es sich bestimmt ebenso herrlich spielen ließ. Dem Aussehen nach nicht so vielversprechend war ein großes Buch mit glattem schwarzem Einband. Nicholas schlug es auf – und siehe da, es war voller leuchtend bunter Vogelbilder. Und was waren es für Vögel! Bei den Spaziergängen hatte Nicholas gelegentlich einen Vogel gesehen, und der größte war eine Elster oder eine Holztaube gewesen. Hier aber gab es Reiher und Bussarde, Gabelweihen, Tukane und Tigerrohrdommeln, balzende Birkhähne, Ibisse und Goldfasanen – eine ganze Galerie unvorstellbarer Geschöpfe. Als er gerade die leuchtenden Farben einer Pekingente bewunderte und sich dazu eine Geschichte ausdachte, drang plötzlich die Stimme seiner Tante, die schrill seinen Namen rief, in die Rumpelkammer. Da er schon seit längerer Zeit verschwunden war, hatte sie Verdacht geschöpft und war zu dem Schluß gekommen, daß er im Schutz der Fliederbüsche über die Mauer geklettert sein müsse. Und jetzt versuchte sie ebenso energisch wie hoffnungslos, ihn zwischen Artischocken und Himbeerranken zu suchen.

«Nicholas – Nicholas!» rief sie. «Sofort kommst du dort heraus! Es hat keinen Sinn, daß du dich versteckst. Ich kann dich ganz genau sehen!»

Zum erstenmal seit zwanzig Jahren geschah es wohl, daß ein Mensch in der Rumpelkammer lächelte.

Bald darauf ging die verärgerte Wiederholung seines Namens in einen Aufschrei und dann in einen Hilferuf über. Nicholas klappte das Buch zu, legte es sorgsam wieder an seinen alten Platz in der Ecke und blies von einem benachbarten Stapel alter Zeitungen etwas Staub darüber. Dann verließ er leise die Kammer, schloß wieder ab und legte den Schlüssel genau an die gleiche Stelle, von der er ihn weggenommen hatte. Als er in den Vordergarten hinausging, schrie die Tante immer noch.

«Wer schreit denn da?» fragte er.

«Ich!» kam es als Antwort über die Mauer. «Hast du mich denn nicht gehört? Ich habe dich im Beerengarten gesucht und bin dabei in den Regenwasserbehälter gefallen. Glücklicherweise ist er leer, aber die Seitenwände sind so glatt, daß ich allein nicht hinauskomme. Hole doch schnell die kleine Leiter, die unter dem Kirschbaum steht ...»

«Man hat mir verboten, den Beerengarten zu betreten», sagte Nicholas sofort.

«Ich habe es dir verboten, und jetzt erlaube ich es dir wieder», sagte die Stimme aus dem Regenwasserbehälter ziemlich ungeduldig.

«Deine Stimme klingt aber ganz anders als die meiner Tante», entgegnete Nicholas. «Vielleicht bist du der Teufel, der mich in Versuchung führen will, damit ich wieder einmal ungehorsam bin. Meine Tante hat immer gesagt, daß der Teufel mich in Versuchung führt und daß ich ihm immer nachgebe. Diesmal tue ich es aber nicht!»

«Rede keinen Unsinn», sagte die Gefangene des Behälters. «Hole sofort die Leiter!»

«Gibt es nachher Erdbeermarmelade zum Tee?» fragte Nicholas unschuldig.
«Ganz bestimmt», sagte die Tante und beschloß, daß Nicholas keine bekommen würde.
«Jetzt weiß ich genau, daß du der Teufel bist und nicht meine Tante», rief Nicholas vergnügt. «Als wir meine Tante gestern wegen der Erdbeermarmelade fragten, sagte sie nämlich, daß keine mehr da ist. Und ich weiß, daß noch vier Gläser in der Vorratskammer stehen, weil ich nachgesehen habe; und du weißt es natürlich auch – aber sie weiß es nicht, weil sie gesagt hat, es ist keine mehr da. Jetzt hast du dich verraten, du Teufel!»
Es war ein ungewohntes und erhebendes Gefühl, in diesem Ton mit der Tante sprechen zu können, als sei sie der Leibhaftige. Mit dem Scharfsinn eines Kindes wußte Nicholas jedoch auch, daß man solche Gelegenheiten nicht über Gebühr ausnützen darf. Geräuschvoll schlenderte er also zum Haus zurück, und erst eines der Küchenmädchen, das Petersilie holen wollte, befreite die Tante endlich aus dem Regenwasserbehälter.
Das Abendbrot verlief in einem fürchterlichen Schweigen. Als die Kinder nachmittags in Jagborough angekommen waren, hatte die Flut gerade ihren höchsten Stand erreicht gehabt, so daß der Strand, auf dem die Kinder spielen sollten, überschwemmt war – ein Umstand, den die Tante bei der übereilten Vorbereitung des Ausflugs übersehen hatte. Bobbys drückende Schuhe hatten während des ganzen Nachmittags einen verheerenden Einfluß auf sein Benehmen gehabt, und insgesamt

konnte man keinesfalls behaupten, daß die Kinder ein großartiges Erlebnis gehabt hätten. Die Tante hüllte sich in das eisige Schweigen eines Menschen, der fünfunddreißig Minuten lang unverdient und schmachvoll in einem Regenwasserbehälter gefangen war. Aber auch Nicholas schwieg und machte dabei den Eindruck eines Menschen, der sehr viel zu überlegen hat. Es wäre doch möglich, sinnierte er, daß der Jäger mit seinen Hunden noch entkam, wenn die Wölfe sich zuerst auf den erlegten Hirsch stürzen würden.

Gabriel-Ernest

«In Ihren Wäldern treibt sich ein Raubtier herum», sagte Cunningham, der Künstler, auf der Fahrt zum Bahnhof. Es war die einzige Bemerkung, die er auf dieser Fahrt machte; da Van Cheele jedoch unaufhörlich geredet hatte, war ihm das Schweigen seines Begleiters nicht aufgefallen.

«Vielleicht ein streunender Fuchs oder die Wiesel, die wir schon kennen – jedenfalls wohl nichts Aufregendes», sagte Van Cheele. Der Künstler sagte nichts.

«Was meinten Sie eigentlich mit ‹Raubtier›?» fragte Van Cheele später, als sie noch zusammen auf dem Bahnsteig standen.

«Nichts. Vielleicht war es nur Einbildung. – Da kommt schon mein Zug.»

Am gleichen Nachmittag machte Van Cheele einen seiner häufigen Spaziergänge durch seine Wälder. In seinem Arbeitszimmer hing eine ausgestopfte

Rohrdommel, und außerdem kannte er die Namen von einer Reihe wilder Pflanzen, so daß seine Tante eine gewisse Berechtigung hatte, ihn als einen großen Naturforscher zu bezeichnen. Auf jeden Fall war er ein großer Spaziergänger. Und er hatte es sich angewöhnt, alle Beobachtungen, die er auf seinen Spaziergängen machte, in der Erinnerung genau festzuhalten – aber nicht, um der Wissenschaft damit zu helfen, sondern um für entsprechende Gelegenheiten einen Gesprächsstoff zu haben. Wenn die Glockenblumen zu blühen anfingen, machte er es sich zur Aufgabe, allen Menschen diese Tatsache mitzuteilen. Es wäre zwar möglich gewesen, daß die jeweilige Jahreszeit seine Zuhörer an ein derartiges Ereignis denken ließ – aber trotzdem hatte jeder das Gefühl, daß Van Cheele nichts vor ihm verbarg.

Was Van Cheele jedoch an diesem besonderen Nachmittag entdeckte, unterschied sich himmelweit von seinen üblichen Erlebnissen. Auf einer Felsplatte, die über einen tiefen kleinen Teich hinausragte und sonst von dichtem Unterholz eingeschlossen war, lag – lang ausgestreckt – ein Knabe von etwa sechzehn Jahren, der seinen nassen, braungebrannten Körper von der Sonne trocknen ließ. Das ebenfalls feuchte Haar lag eng am Kopf an, und seine braunen Augen – die mit ihrem Glanz an die funkelnden Lichter eines Tigers erinnerten – blickten Van Cheele mit einer beinahe gespannten Trägheit entgegen. Dieser Anblick kam unerwartet, und Van Cheele war selbst überrascht, als er merkte, daß er zuerst dachte und dann erst sprach. Woher konnte dieser verwildert aussehende Junge nur gekommen sein? Der Frau des Müllers war zwar vor rund zwei Monaten eines ihrer Kinder abhanden gekommen – man nahm an, daß es in den Mühlbach gefallen und ertrunken sei; aber jenes Kind war ein Baby und kein halberwachsener Bursche gewesen.

«Was machst du da?» fragte Van Cheele.

«Allem Anschein nach liege ich in der Sonne», erwiderte der Junge.

«Wo wohnst du?»

«Hier – im Wald.»

«Unmöglich, daß du im Wald wohnst», sagte Van Cheele.

«Es gibt sehr schöne Wälder», meinte der Junge dazu, und seine Stimme klang beinahe etwas gönnerhaft.

«Aber wo schläfst du nachts?»

«Nachts schlafe ich nicht; nachts habe ich am meisten zu tun.»

Van Cheele hatte das unheimliche Gefühl, einem Problem gegenüberzustehen, das er nicht begriff.

«Wovon lebst du?» fragte er.

«Von Fleisch», antwortete der Junge, und er legte in das Wort Fleisch eine Betonung, als ließe er es auf der Zunge zergehen.

«Von Fleisch? Was für Fleisch?»

«Wenn Sie es unbedingt wissen wollen: Kaninchen, Wildgeflügel, Hasen, Hausgeflügel, außerdem – je nach Jahreszeit – Lämmer und schließlich Kinder, wenn ich sie erwischen kann. Nachts – wenn ich jage – sind sie jedoch meist eingesperrt. Zwei

Monate ist es jetzt schon her, daß ich zum letztenmal Kinderfleisch gegessen habe.»
Ohne auf die neckische Bedeutung der letzten Bemerkung näher einzugehen, versuchte Van Cheele dem Jungen nachzuweisen, daß er ein Wilderer sei.
«Rede nicht so durch die Blume!» Nach der Art der Bekleidung des Jungen zu schließen, schien dieses Gleichnis nicht ganz angebracht zu sein. «Von Hasen willst du leben? So leicht sind sie nicht zu fangen.»
«Nachts jage ich auf vier Füßen», lautete die ziemlich geheimnisvolle Antwort.
«Du meinst, du gehst mit einem Hund auf die Jagd?» fragte Van Cheele auf gut Glück.
Der Junge rollte sich langsam auf den Rücken und lachte dabei leise und unheimlich, so daß es einerseits wie ein Kichern, andererseits jedoch wie ein widerwärtiges Knurren klang.
«Ich glaube, kein Hund würde gern in meiner Nähe sein – und besonders nachts!»
Van Cheele hatte das Gefühl, daß dieser Bursche mit dem merkwürdigen Blick und den genauso merkwürdigen Aussprüchen unheimlich war.
«Ich verbiete dir, dich in meinen Wäldern herumzutreiben», sagte er schließlich unmißverständlich.
«Meiner Ansicht nach dürfte es Ihnen lieber sein, daß ich hier bin – und nicht in Ihrem Haus», sagte der Junge.
Der Gedanke, dieses wilde und nackte Geschöpf beträte sein Haus, war für Van Cheele allerdings beunruhigend.

«Wenn du nicht von allein verschwindest, werde ich dir Beine machen», sagte er.
Blitzschnell wandte sich der Knabe um, ließ sich in den Tümpel gleiten – und im nächsten Augenblick lag sein nasser, glitzernder Leib auf dem Uferstreifen, auf dem Van Cheele stand. Bei einem Fischotter wäre diese Geschmeidigkeit kaum bemerkenswert gewesen, aber bei einem Menschenkind fand Van Cheele sie hinreichend erstaunlich. Als er unwillkürlich einen Schritt zurücktrat, rutschte er aus und fiel auf dem schlüpfrigen, mit Unkraut bewachsenen Untergrund beinahe hin, während die jetzt gelben Augen ihn – ähnlich denen eines Tigers – anfunkelten. Instinktiv wollte er mit der Hand eine abwehrende Bewegung machen, aber der Junge lachte nur, und sein Lachen klang jetzt nur noch wie ein Knurren. Plötzlich glitt er mit einer seiner verblüffend geschmeidigen Bewegungen in das dichte Gewirr aus Unkraut und Farnen, das sich vor ihm auseinanderbog, und war verschwunden.
«Ein ungewöhnliches Raubtier!» sagte sich Van Cheele, als er sich erhob. Und dann fiel ihm Cunninghams Bemerkung wieder ein: «In Ihren Wäldern treibt sich ein Raubtier herum!»
Während Van Cheele langsam nach Hause zurückkehrte, fielen ihm mit einemmal auch verschiedene Vorfälle ein, die in dieser Gegend passiert waren und die vielleicht mit der Existenz dieses erstaunlichen jungen Wilden zusammenhingen.
Der Wildbestand hatte sich in letzter Zeit auffallend stark verringert; von den Bauernhöfen war

immer wieder Geflügel verschwunden, die Hasen waren unerklärlicherweise seltener geworden, und verschiedentlich hatte man sich bei ihm beklagt, daß immer wieder Lämmer von den Wiesen gestohlen würden. War es möglich, daß dieser verwilderte Bursche tatsächlich mit Hilfe eines Jagdhundes die ganze Gegend unsicher machte? Er hatte selbst gesagt, daß er nachts «auf vier Füßen» jage; dann aber hatte er auch angedeutet, daß kein Hund sich in seine Nähe wagen würde – «besonders nachts». Es war ziemlich verwirrend! Und als Van Cheele noch einmal die verschiedenen Vorfälle durchging, die ihm im Laufe der letzten beiden Monate gemeldet worden waren, blieb er plötzlich wie angewurzelt stehen – aber nicht nur er, sondern auch seine Gedanken. Das Kind der Müllersfrau, das vor zwei Monaten verschwunden war: Man hatte bisher angenommen, es sei in den Bach gefallen und weggeschwemmt worden! Aber die Mutter hatte immer behauptet, sie habe von den Hügeln her einen Schrei gehört – also von der dem Bach entgegengesetzten Seite! Natürlich war es unvorstellbar; aber Van Cheele hatte nur den einzigen Wunsch, daß dieser Bursche nicht jene unheimliche Bemerkung gemacht hätte, seit zwei Monaten kein Kinderfleisch mehr gegessen zu haben. Derartige gräßliche Dinge sollte man selbst im Spaß nicht sagen.

Im Gegensatz zu seiner sonstigen Gewohnheit verspürte Van Cheele keine Lust, anderen von seiner Entdeckung im Wald zu erzählen. Seine Stellung als Gemeinderat und als Friedensrichter würde vermutlich unter der Tatsache leiden, daß eine Person mit einem derart zweifelhaften Ruf auf seinem Besitz hauste. Es bestand sogar die Möglichkeit, daß man ihm eine gepfefferte Rechnung für geraubte Lämmer und gestohlenes Geflügel präsentieren würde. Jedenfalls war er an diesem Tage beim Abendessen ungewöhnlich schweigsam.

«Hast du die Sprache verloren?» fragte seine Tante. «Fast könnte man annehmen, dir sei ein Wolf über die Leber gelaufen!»

Van Cheele, der diese Abwandlung einer alten Redensart noch nicht kannte, fand ihre Bemerkung ziemlich töricht. Wäre ihm tatsächlich ein Wolf begegnet, hätte er seine Sprache sehr gut zu gebrauchen gewußt.

Am folgenden Morgen wurde Van Cheele sich bewußt, daß sein Mißbehagen über die gestrige Begegnung noch nicht ganz gewichen war. Deshalb beschloß er, mit dem nächsten Zug in die nahe gelegene Stadt zu fahren, um Cunningham aufzusuchen und ihn zu fragen, was ihn eigentlich zu seiner Bemerkung über das Raubtier veranlaßt habe. Nach diesem Entschluß kehrte seine übliche Fröhlichkeit zu einem Teil zurück, und er summte eine kleine, vergnügte Melodie vor sich hin, als er zu seinem Zimmer ging, um sich – wie jeden Morgen – eine Zigarette anzuzünden. Als er den Raum jedoch betrat, verschlug es ihm den Atem: Auf seiner Ottomane lag lässig, in einer fast übertriebenen Ruhe, der Junge aus den Wäldern. Er war zwar trockener als gestern, aber an seiner Bekleidung hatte sich nicht das geringste geändert.

«Wie kannst du es wagen, hier aufzutauchen?» fragte Van Cheele wütend.
«Gestern haben Sie gesagt, ich dürfe nicht in den Wäldern bleiben», erwiderte der Knabe ruhig.
«Ich habe aber nicht gesagt, daß du hierherkommen sollst! Wenn ich mir vorstelle, daß meine Tante dich in diesem Zustand sieht!»
Und um eine eventuelle Katastrophe möglichst klein zu halten, bedeckte Van Cheele einen möglichst großen Teil seines unerwünschten Gastes mit der auseinandergefalteten *Morning Post*. Im gleichen Augenblick betrat seine Tante das Zimmer.
«Der arme Kerl hat sich verlaufen – und sein Gedächtnis hat er auch verloren. Er weiß nicht einmal mehr, wer er ist und woher er stammt», erklärte Van Cheele verzweifelt und blickte voller Besorgnis auf das herrenlose Geschöpf, um zu wissen, ob es seinen anderen wilden Neigungen auch noch unangebrachte Aufrichtigkeit hinzufügen würde. Miss Van Cheele war äußerst interessiert.
«Vielleicht steht sein Name in der Unterwäsche?» meinte sie.
«Die Unterwäsche scheint er zum größten Teil auch verloren zu haben», sagte Van Cheele und zupfte ununterbrochen an der *Morning Post*, um sie am richtigen Platz zu halten.
Ein nacktes, heimatloses Menschenkind löste bei Miss Van Cheele die gleichen Gefühle aus wie ein streunendes Kätzchen oder ein herrenloser junger Hund.
«Wir müssen uns seiner annehmen», entschied sie,

und binnen kurzem hatte ein Bote aus dem Pfarrhaus, in dem einer der jungen Diener wohnte, eine Livree nebst notwendigen Zutaten, wie Hemd, Strümpfe und so weiter, geholt. Angekleidet und ordentlich gekämmt, verlor der Junge in Van Cheeles Augen nichts von seiner Unheimlichkeit; Van Cheeles Tante dagegen fand ihn süß.

«Wir müssen ihm einen Namen geben, bis wir wissen, wie er in Wirklichkeit heißt», sagte sie. «Ich meine, wir nennen ihn Gabriel-Ernest; die beiden Namen passen so nett zusammen.»

Van Cheele war einverstanden; im geheimen bezweifelte er jedoch, ob das Kind zu den beiden Namen paßte. Seine Befürchtungen wurden auch durch die Tatsache nicht verringert, daß sein abgeklärter und ältlicher Spaniel Hals über Kopf das Haus verlassen hatte, als er den Jungen zum erstenmal sah, und jetzt zitternd und kläffend im äußersten Winkel des Obstgartens hockte, während der Kanarienvogel – stimmlich sonst genauso fleißig wie Van Cheele – ununterbrochen ängstlich piepte. Mehr als zuvor war Van Cheele entschlossen, Cunningham ohne weiteren Zeitverlust aufzusuchen.

Als er zum Bahnhof abfuhr, hatte seine Tante gerade den Plan gefaßt, Gabriel-Ernest bei der Beaufsichtigung jener Kindergesellschaft zu beschäftigen, die am gleichen Nachmittag stattfinden sollte.

Cunningham machte im ersten Augenblick einen wenig mitteilsamen Eindruck. «Meine Mutter starb an einer Gehirnsache», sagte er. «Sie werden verstehen, daß ich nicht sehr gern über Dinge rede, die einfach phantastisch und praktisch unmöglich sind – auch wenn ich sie mit eigenen Augen gesehen habe.»

«Was haben Sie denn gesehen?» fragte Van Cheele beharrlich.

«Was ich zu sehen mir einbildete, war so außergewöhnlich, daß es kein wirklich vernünftiger Mensch glauben wird. Am letzten Abend meines Besuches bei Ihnen stand ich halbverdeckt hinter der Hecke neben der Pforte zum Obstgarten und sah der untergehenden Sonne zu. Plötzlich fiel mir ein nackter Junge auf, der wahrscheinlich in einem nahe gelegenen Teich gebadet hatte. Jedenfalls nahm ich es an. Er stand genau auf der kahlen Kuppe des Hügels und blickte auch der sinkenden Sonne nach. Seine Haltung ähnelte der eines Fauns aus einem alten Heidenmythos, so daß mir sofort der Gedanke kam, ihn als Modell zu engagieren – und wahrscheinlich hätte ich ihn auch im nächsten Augenblick schon angerufen. Aber gerade in diesem Augenblick versank die Sonne hinter dem Horizont, und der rötliche Schein verschwand, so daß alles auf einmal kalt und grau wirkte. Und zur gleichen Zeit passierte etwas Erstaunliches: Der Junge war ebenfalls verschwunden!»

«Wieso? Löste er sich in Nichts auf?» fragte Van Cheele aufgeregt.

«Nein – und gerade das war das Entsetzliche», erwiderte der Künstler. «Auf der kahlen Kuppe, auf der eben noch der Junge gestanden hatte, sah ich einen großen Wolf – schwarz gegen den Himmel abgehoben, mit leuchtend weißen Fängen und gelben, grausamen Augen. Sie können sich vorstellen ...»

Aber Van Cheele hielt sich nicht mit solchen Unwichtigkeiten auf, wie es bloße Vorstellungen waren. In größter Eile rannte er bereits zum Bahnhof. Der Gedanke, ein Telegramm aufzugeben, schien ihm absurd. «Gabriel-Ernest ist ein Werwolf», wäre nur ein hoffnungsloser Versuch gewesen, die Situation zu retten: Seine Tante hätte es bestimmt für eine verschlüsselte Nachricht gehalten und geglaubt, er habe vergessen, ihr bei seiner Abfahrt zu sagen, wie sie entschlüsselt werden müßte. Seine einzige Hoffnung bestand darin, vor Sonnenuntergang zu Hause zu sein. Der Wagen, der ihn vom Bahnhof heimfahren sollte, schien mit quälender Langsamkeit über die Landstraßen zu rollen, die von der sinkenden Sonne in ein rötliches Licht getaucht wurden. Als er aus dem Wagen sprang, räumte seine Tante gerade die Reste von Marmelade und Kuchen ab.

«Wo ist Gabriel-Ernest?» schrie er beinahe.

«Er bringt nur den kleinen Toop nach Hause!» sagte sie. «Es war schon so spät, daß ich es für sicherer hielt, ihn nicht allein gehen zu lassen. Ist der Sonnenuntergang nicht entzückend?»

Obgleich Van Cheele für die prachtvollen Farben am westlichen Himmel nicht unempfänglich war, hielt er es dieses Mal nicht für angebracht, sich darüber zu unterhalten. Mit einer Geschwindigkeit, die man ihm kaum mehr zugetraut hätte, rannte er den schmalen Pfad entlang, der zum Hause der Toops führte. Auf der einen Seite floß der kleine,

schnelle Mühlbach entlang, auf der anderen erstreckte sich der weite Hügelhang. Ein schwindender Streifen des roten Sonnenballs lugte noch über den Horizont – und nach der nächsten Biegung mußte Van Cheele das gar nicht zusammenpassende Paar sehen können, das er verfolgte. Dann verlosch auf einmal der Schimmer, der über der ganzen Landschaft gelegen hatte, und graue Schatten senkten sich herab. Van Cheele hörte einen angsterfüllten Schrei und hielt im Laufen inne.
Weder von dem kleinen Toop noch von Gabriel-Ernest wurde auch nur eine Spur entdeckt; auf dem schmalen Weg lagen jedoch die Kleider des Jungen, so daß man annahm, das Kind sei in den Mühlbach gefallen und der Junge habe seine Kleider abgestreift und sei ihm nachgesprungen – in dem vergeblichen Bemühen, das Kind zu retten. Van Cheele und einige Arbeiter, die sich ebenfalls in der Nähe befunden hatten, sagten übereinstimmend aus, den Schrei eines Kindes gehört zu haben, und zwar ungefähr von jener Stelle her, an der dann die Kleider gefunden wurden. Mrs. Toop, die noch weitere elf Kinder hatte, ergab sich in den Verlust; Miss Van Cheele dagegen trauerte zutiefst um den verlorengegangenen Findling. Auf Grund ihrer Initiative wurde in der Gemeindekirche eine Gedenktafel enthüllt – «Für Gabriel-Ernest, einen unbekannten Knaben, der tapfer sein Leben für einen anderen hingab.»
Van Cheele erfüllte meistens die Wünsche seiner Tante; er weigerte sich jedoch, für Gabriel-Ernests Gedenktafel auch nur einen Penny zu spenden.

Tobermory

Es war der kühle, regenverwaschene Nachmittag eines der letzten Augusttage – in jener nichtssagenden Jahreszeit also, in der die Rebhühner sich noch in Sicherheit oder in den Kühlhäusern befinden und es nichts zu jagen gibt. Ohne Ausnahme hatten sich die Gäste von Lady Blemleys Hausparty um den Teetisch versammelt. Trotz der Öde der Jahreszeit und der Alltäglichkeit dieses Ereignisses deutete nichts auf jene schwelende Unruhe hin, die gleichbedeutend ist mit der Furcht vor einem Klavierkonzert oder einer beherrschten Sehnsucht nach einer Partie Bridge. Die unverhüllte, durch nichts verborgene Aufmerksamkeit der Anwesenden konzentrierte sich vielmehr auf die anspruchslose, unscheinbare Persönlichkeit des Mr. Cornelius Appin. Von allen Gästen Lady Blemleys war er der einzige, der in keinem festumrissenen Ruf stand. Irgend jemand hatte einmal erwähnt, daß Appin «klug» sei, und so schickte man ihm eine Einladung in der unausgesprochenen Erwartung – zumindest von seiten der Gastgeberin –, daß er wenigstens einen Teil seiner Klugheit zu der allgemeinen Unterhaltung beisteuern würde. Bisher hatte Lady Blemley jedoch nicht feststellen können, in welcher Richtung sich seine Klugheit – wenn überhaupt – bewegte. Weder war er witzig, noch spielte er auffallend gut Krocket; weder verfügte er über hypnotische Fähigkeiten, noch hatte er jemals eine Amateuraufführung inszeniert. Auch sein Äußeres deutete nicht auf einen jener Männer hin, denen die Frauen ein erhebliches Maß an mangelndem Geist nachsehen. Er war zu einem bloßen «Mr. Appin» herabgesunken, und «Cornelius» schien nichts als eine durchsichtige Täuschung zu sein, die man bei seiner Taufe begangen hatte.

Jetzt aber behauptete er plötzlich, der Welt eine Entdeckung geschenkt zu haben, neben der die Erfindung des Schießpulvers, der Druckerpresse oder der Dampfmaschine belanglose Lappalien seien. Die Wissenschaft habe zwar im Verlauf der letzten Jahrzehnte atemberaubende Fortschritte auf allen Gebieten gemacht – seine Entdeckung schien jedoch eher auf dem Gebiet der Wunder als auf dem der Wissenschaft zu liegen.

«Und wir sollen Ihnen also glauben», sagte Sir Wilfrid gerade, «daß Sie eine Möglichkeit gefunden haben, den Tieren die Kunst der menschlichen Sprache beizubringen, und daß sich der liebe, alte Tobermory als Ihr erster erfolgreicher Schüler entpuppt hat?»

«Während der letzten siebzehn Jahre habe ich an diesem Problem gearbeitet», sagte Mr. Appin. «Aber erst während der letzten acht oder neun Monate bin ich mit den Andeutungen eines Erfolges belohnt worden. Bis dahin hatte ich natürlich schon mit Tausenden von Tieren experimentiert – zuletzt jedoch ausschließlich mit Katzen, diesen wundervollen Geschöpfen, die sich in phantastischer Weise unserer Zivilisation angepaßt haben, ohne dabei ihren hochentwickelten Raubtierinstinkt aufzugeben. Hin und wieder stößt man bei Katzen auf einen überragenden Intellekt – genauso wie bei der Masse der menschlichen Geschöpfe; und als ich vor einer Woche die Bekanntschaft Tobermorys machte, merkte ich sofort, daß ich einer *Über-Katze* von ungewöhnlicher Intelligenz gegenüberstand. Bei meinen letzten Versuchen war ich dem Erfolg ein großes Stück nähergekommen; bei Tobermory – wie Sie ihn nennen – habe ich jedoch mein Ziel erreicht.»

Mr. Appin beschloß seine bemerkenswerten Ausführungen in dem spürbaren Bemühen, seinen Triumph nicht laut werden zu lassen. Keiner der Anwesenden murmelte «Unsinn», obwohl Clovis' Lippen ein zweisilbiges Wort formten, das diesem nagenden Unglauben vermutlich entsprach.

«Damit wollen Sie also sagen, daß Tobermory jetzt in der Lage ist, zu sprechen und einfache Sätze aus einsilbigen Wörtern zu verstehen?» meinte Miss Resker nach einer kurzen Stille.

«Meine liebe Miss Resker», erwiderte der Wundermann geduldig, «in der von Ihnen erwähnten Form unterrichtet man kleine Kinder, Wilde und geistig zurückgebliebene Erwachsene. Wenn man jedoch erst einmal das Problem gelöst hat, bei einem Tier mit sehr hochentwickelter Intelligenz den Anfang zu finden, braucht man diese ermüdende Methode nicht mehr. Tobermory ist in der Lage, unsere Sprache völlig korrekt zu sprechen.»

In diesem Augenblick sagte Clovis deutlich vernehmbar: «Wahnsinn!» Sir Wilfrid war zwar höflicher, jedoch nicht weniger skeptisch. «Vielleicht ist es am besten, wir lassen Tobermory hereinholen und bilden uns dann selbst ein Urteil?» schlug Lady Blemley vor.

Sir Wilfrid begab sich auf die Suche nach dem Tier, und die übrigen lehnten sich bequem und in der anspruchslosen Erwartung zurück, Zeugen eines mehr oder weniger geschickten Bauchrednertricks zu werden.

Nur Sekunden später stand Sir Wilfrid wieder in der Tür: Trotz der Bräune war sein Gesicht blaß, und in den Augen spiegelte sich seine Aufregung wider.

«Bei Gott – es ist wahr!»

Seine Erschütterung war echt, und seine Zuhörer waren auf einmal hellwach und blickten ihn gespannt an.

Sir Wilfrid ließ sich in einen Sessel fallen; das Erlebnis hatte ihm fast den Atem verschlagen. «Er war im Rauchzimmer und schlief. Ich rief ihm zu, er solle zum Tee kommen. Wie üblich blinzelte er mich an, und ich sagte: ‹Los, Toby – wir haben keine Lust zu warten!› Und bei Gott – mit einer entsetzlich natürlichen Stimme erwiderte er daraufhin, daß er käme, wenn es ihm paßte! Mich hat es fast umgeworfen!»

Appin hatte vor völlig ungläubigen Zuhörern gepredigt; Sir Wilfrids Feststellung überzeugte jedoch sofort. Ein Durcheinander verwirrter, aufgeregter Stimmen erhob sich, in dem der Wissenschaftler schweigend in seinem Sessel saß und die ersten Früchte seiner erstaunlichen Entdeckung genoß.

Dann betrat Tobermory den Raum; auf seinen Samtpfoten schritt er mit betonter Gleichgültigkeit zu der Gruppe, die um den Teetisch saß.

Alle Anwesenden waren plötzlich verlegen und befangen; niemand wagte es, eine Hauskatze anzusprechen, deren geistige Fähigkeiten denen der Anwesenden ebenbürtig waren.

«Möchtest du etwas Milch haben?» fragte Lady Blemley schließlich mit ziemlich aufgeregter Stimme.

«Meinetwegen», lautete die Antwort, die in einem völlig gleichgültigen Ton gesprochen wurde. Ein Schauer unterdrückter Aufregung überlief die Zuhörer, und Lady Blemley goß die Milch mit bebender Hand in die kleine Schüssel. Aber das war verständlich.

«Ich glaube, ich habe etwas danebengegossen», sagte sie entschuldigend.

«Schließlich gehört der Teppich nicht mir», erwiderte Tobermory nur.

Wieder senkte sich ein Schweigen über die Anwesenden. Schließlich fragte Miss Resker mit ihrem hochmütigsten Gesicht, ob die menschliche Sprache schwer zu erlernen sei. Tobermory sah sie einen Augenblick aufmerksam an und senkte dann vorwurfsvoll den Blick: Damit zeigte er deutlich, daß er nicht geneigt war, auf derartig einfältige Fragen einzugehen.

«Was hältst du von der menschlichen Intelligenz?» fragte Mavis Pellington schüchtern.

«Wessen Intelligenz meinen Sie im besonderen?» fragte Tobermory kühl.

«Zum Beispiel – zum Beispiel meine», sagte Mavis und lachte dabei verlegen.

«Damit bringen Sie mich in eine peinliche Situation», sagte Tobermory, dessen Ton und Benehmen jedoch keinerlei Peinlichkeit verrieten. «Als Ihr Name im Zusammenhang mit den Einladungen zu dieser Party genannt wurde, erhob Sir Wilfrid Einspruch, weil Sie die dümmste Frau seines ganzen Bekanntenkreises seien und weil zwischen Gastfreundschaft und der Wohltätigkeit für geistig Minderbemittelte ein erheblicher Unterschied bestehe. Lady Blemley erwiderte darauf, daß Ihr mangelnder Verstand doch gerade der Grund zu der Einladung sei, da Sie – Lady Blemleys Ansicht nach – der einzig in Frage kommende Mensch wären, der ihren alten Wagen kaufen würde. Sie kennen den Wagen doch, nicht wahr? Man nennt ihn hier *Der Neid des Sisyphos*, weil er jede Steigung sehr flott nimmt, wenn man ihn schiebt.»

Lady Blemleys Protest wäre erheblich wirkungsvoller gewesen, wenn sie nicht am gleichen Morgen – ganz nebenbei – zu Mavis gesagt hätte, daß der

fragliche Wagen genau das Richtige für sie sei, da sie schließlich in dem hügeligen Gebiet von Devonshire wohne.
Um von diesem Thema abzulenken, stürzte Major Barfield sich in das Gespräch.
«Was ist eigentlich mit der gefleckten Stallkatze, mit der du dich dauernd herumtreibst? Antwort!»
Jeder der Anwesenden merkte im gleichen Augenblick, daß diese Frage ein großer Fehler war.
«Normalerweise redet man vor anderen nicht über derartige Dinge», erwiderte Tobermory kalt. «Nach allem, was Sie sich seit Ihrer Ankunft in diesem Hause geleistet haben, würde es Ihnen aller Wahrscheinlichkeit nach auch nicht passen, wenn ich die Unterhaltung auf Ihre eigenen Affären brächte.»
Die Unruhe, die diese Worte auslösten, beschränkte sich nicht nur auf den Major.
«Könntest du vielleicht in der Küche nachfragen, ob dein Essen schon fertig ist?» schlug Lady Blemley sofort vor und versuchte damit die Tatsache zu übersehen, daß es bis zu Tobermorys Abendbrot mindestens noch zwei Stunden dauern würde.
«Nein, danke», sagte Tobermory, «das hat noch Zeit. Ich möchte nicht an einer Magenverstimmung sterben.»
«Du weißt doch, daß Katzen neun Leben haben», meinte Sir Wilfrid nachdrücklich.
«Möglich ist es», erwiderte Tobermory. «Aber sie haben nur eine Leber.»
«Adelaide!» warf Mrs. Cornett ein, «willst du diese Katze etwa noch dazu ermuntern, draußen mit dem Personal über uns zu lästern?»

Das Entsetzen hatte inzwischen alle Anwesenden ergriffen. Vor den meisten Schlafzimmerfenstern lief nämlich eine schmale, mit Ornamenten verzierte Balustrade entlang, und man erinnerte sich auf einmal, daß sie zu jeder Zeit Tobermorys Lieblingsaufenthalt war, von dem aus er die Tauben beobachtete – und der Himmel allein wußte, wen noch!

Mrs. Cornett, die einen erheblichen Teil ihrer Zeit vor dem Toilettenspiegel verbrachte und der man ein nomadenhaftes, wenn auch pünktliches Wesen nachsagte, machte einen genauso unruhigen Eindruck wie der Major. Sollte Tobermory in seiner offenen Art sich einiger Dinge erinnern, würde die Wirkung mehr als nur verwirrend sein. Miss Scrawen, die ausgesprochen sinnliche Gedichte verfaßte und ein makelloses Leben führte, zeigte nur Entsetzen; wenn man in persönlichen Dingen systematisch und tugendsam vorgeht, hat man nicht unbedingt das Verlangen, daß alle Welt es erfährt. Bertie van Tahn, der schon mit siebzehn Jahren so verdorben war, daß er bereits vor einiger Zeit den Wunsch, noch schlimmer zu werden, fallengelassen hatte, verfärbte sich und wurde kalkweiß; immerhin beging er nicht den Fehler, den Raum überstürzt zu verlassen – wie Odo Finsberry, ein junger Mann, der Theologie studierte und den der Gedanke, in die Skandale anderer Menschen eingeweiht zu werden, völlig verwirrte. Clovis besaß die Geistesgegenwart, äußerlich völlig unbeteiligt zu wirken. Er überschlug in Gedanken, wie lange es dauern würde, sich irgendwoher eine Kiste mit

besonders zarten Mäusen schicken zu lassen – als eine Art Schweigegeld.
Selbst in dieser heiklen Situation konnte Agnes Resker es nicht ertragen, längere Zeit im Hintergrund stehen zu müssen.
«Warum bin ich nur hierhergekommen?« rief sie dramatisch aus.
Tobermory ergriff sofort die Gelegenheit.
«Nach allem, was Sie gestern Mrs. Cornett gegenüber während des Krocketspiels äußerten, sind Sie wegen des ausgezeichneten Essens gekommen. Von den Blemleys sagten Sie, sie seien die langweiligsten Menschen, die Sie kennten; dann meinten Sie jedoch, daß die Blemleys immerhin so klug gewesen seien, sich einen ausgezeichneten Koch zu halten – sonst wäre es Ihrer Ansicht nach auch kaum vorstellbar, daß irgendein Gast zum zweitenmal hierherkäme.»
«Nicht ein einziges Wort ist davon wahr! Mrs. Cornett ist mein Zeuge ...»
«Mrs. Cornett wiederholte Ihre Worte gegenüber Bertie van Than», fuhr Tobermory fort, «und sagte noch: ‹Dieses Weib ist ein regelrechter Freßsack. Wenn sie weiß, daß sie ihre vier ausgiebigen Mahlzeiten pro Tag bekommt, geht sie überall hin!› Und Bertie van Than sagte ...»
Glücklicherweise wurde der Bericht an dieser Stelle unterbrochen. Tobermory hatte Tom, den großen gelben Kater aus dem Pfarrhaus, entdeckt, der durch die Ziersträucher zum Stall schlich. Mit einem gewaltigen Satz war er durch die offenstehende Terrassentür verschwunden.

Nach der Flucht seines allzu gelehrigen Schülers fand sich Cornelius Appin plötzlich inmitten eines Orkans erbitterter Vorwürfe, ängstlicher Fragen und flehender Bitten. Allein bei ihm liege die Verantwortung für die entsetzliche Situation, und an ihm sei es jetzt, dafür zu sorgen, daß alles nicht noch schlimmer würde. Ob Tobermory seine gefährliche Begabung auch anderen Katzen mitteilen könne, war das erste, was man ihn fragte. Möglich sei es, erwiderte er, daß er seine intime Freundin, die Stallkatze, in seine neuen Fähigkeiten einweihte; es sei jedoch unwahrscheinlich, daß er damit Erfolg hätte.

«Meinetwegen mag Tobermory eine wertvolle Katze und ein besonders liebes Tier sein», meinte Mrs. Cornett. «Du wirst jedoch zugeben müssen, Adelaide, daß man ihn möglichst schnell beseitigen muß – und die Stallkatze auch!»

«Glaubst du etwa, daß ich die letzte Viertelstunde besonders genossen habe?» sagte Lady Blemley verbittert. «Mein Mann und ich mögen Tobermory wirklich gern – wenigstens mochten wir ihn, solange er diese schrecklichen Fähigkeiten noch nicht besaß. Aber jetzt gibt es natürlich keine andere Lösung, als ihn so schnell wie möglich zu beseitigen.»

«Vielleicht könnten wir etwas Strychnin in sein Fressen tun», meinte Sir Wilfrid. «Die Stallkatze werde ich persönlich ersäufen. Der Kutscher wird seinem Liebling zwar nachtrauern, aber ich werde einfach sagen, daß bei beiden Katzen eine ansteckende Räude ausgebrochen sei und daß wir fürchteten, sie könnten auch die Hunde infizieren.»

«Und meine einzigartige Entdeckung!» unterbrach Mr. Appin ihn. «Nach so vielen Jahren des Forschens und Experimentierens...»
«Meinetwegen experimentieren Sie mit Rindviechern weiter, die man eingesperrt halten kann», sagte Mrs. Cornett. «Oder auch mit den Elefanten in den Zoologischen Gärten. Elefanten sollen doch so intelligent sein, und außerdem sagt man von ihnen, daß sie sich weder in Schlafzimmern herumtreiben noch unter Sesseln verstecken!»
Ein Erzengel, der verzückt das Tausendjährige Reich verkündet hat und dann feststellen muß, daß es aus irgendeinem Grund auf unbestimmte Zeit hinausgeschoben wird, könnte kaum enttäuschter sein als Cornelius Appin über das Echo, das sein wunderbarer Erfolg ausgelöst hatte. Die öffentliche Meinung stand jedoch gegen ihn, und hätte man auf die Stimme der Allgemeinheit gehört, wäre eine bedeutende Minderheit vermutlich dafür gewesen, ihm ebenfalls eine strychningewürzte Speise vorzusetzen.
Schlechte Zugverbindungen und der nervöse Wunsch, das hoffentlich gute Ende noch mitzuerleben, verhinderten die sofortige Abreise der Beteiligten; aber trotzdem war das Abendessen kein gesellschaftlicher Erfolg. Besonders Sir Wilfrid hatte aufregende Stunden hinter sich – zuerst wegen der Katze, dann wegen des Kutschers. Agnes Resker begnügte sich – für alle sichtbar – mit einem trockenen Toast, in den sie jedoch hineinbiß, als sei er ihr persönlicher Feind. Mavis Pellington befleißigte sich eines störrischen Schweigens; Lady

Blemley dagegen redete ununterbrochen und hoffte, daß man es als Unterhaltung ansehen würde, während ihre Augen immer wieder zur Tür wanderten. Auf dem Büfett stand eine Schüssel mit sorgfältig präpariertem Fisch – aber nachdem Nachspeise, Käse und Mokka abserviert waren, hatte man Tobermory weder im Speisezimmer noch in der Küche gesehen.
Der Leichenschmaus fand seine würdige Fortsetzung in der Nachtwache, die im Rauchzimmer abgehalten wurde. Essen und Trinken hatten zumindest zur Folge, daß die herrschende Verlegenheit bemäntelt und man von ihr abgelenkt wurde. Eine Partie Bridge stand jedoch bei der herrschenden Nervenanspannung und auf Grund der allgemeinen Stimmung gar nicht zur Debatte. Um elf Uhr ging das Personal zu Bett, nachdem noch Bescheid gesagt worden war, daß das kleine Fenster in der Anrichte – Tobermorys Privateingang – wie üblich offenstehe. Die Gäste hingegen lasen sich standhaft durch die vorhandenen Magazine hindurch und griffen sogar auf literarische Zeitschriften sowie auf die verschiedenen Sammelbände des *Punch* zurück. In regelmäßigen Abständen suchte Lady Blemley die Anrichte auf, kehrte jedoch immer mit einem Ausdruck dumpfer Niedergeschlagenheit zurück, der jede Frage völlig überflüssig machte.
Um zwei Uhr brach Clovis das lastende Schweigen. «Heute nacht kommt er doch nicht mehr. Vermutlich sitzt er in der Redaktion der hiesigen Zeitung und diktiert das erste Kapitel seiner Memoiren. Sie

werden alles übrige aus dem Felde schlagen und die Sensation des Tages werden.»

Nachdem Clovis seinen Beitrag zur allgemeinen Unterhaltung beigesteuert hatte, begab er sich zu Bett. In längeren Abständen folgten die anderen Gäste seinem Beispiel.

Die Diener, die am folgenden Morgen den Frühstückstee auf den Zimmern servierten, gaben auf die stets gleiche Frage eine ständig wiederkehrende Antwort: Tobermory sei noch nicht nach Hause gekommen.

Das gemeinsame Frühstück verlief – wenn überhaupt möglich – noch unerfreulicher als das gestrige Abendessen; bevor man sich jedoch wieder erhob, wurde die Situation geklärt: Tobermorys Leichnam wurde ins Haus gebracht. Einer der Gärtner hatte ihn zwischen den Ziersträuchern gefunden. Aus der Bißwunde an seiner Kehle und den gelben Haarbüscheln an seinen Krallen wurde deutlich, daß er in dem ungleichen Kampf mit dem Tom aus dem Pfarrhaus unterlegen war.

Gegen Mittag hatten die meisten Gäste das Haus verlassen, und nach dem Essen hatte sich Lady Blemley wieder so weit erholt, daß sie an das Pfarrhaus einen äußerst unangenehmen Brief wegen des Verlustes ihres Lieblings schreiben konnte.

Tobermory war Mr. Appins erster erfolgreicher Schüler gewesen, und das Schicksal wollte es, daß er keinen Nachfolger bekam. Wenige Wochen später riß sich im Dresdener Zoo – ohne vorher die geringste Erregung zu zeigen – ein Elefant los und tötete einen Engländer, der ihn offenbar geärgert hatte. Der Name des Unglücklichen wurde von den Zeitungen verschieden angegeben: einmal als Oppin, dann wieder als Eppelin. Als Vorname wurde jedoch überall gleichlautend «Cornelius» genannt. «Wenn er versucht haben sollte, dem armen Tier die deutschen unregelmäßigen Verben beizubringen, hat er es auch nicht anders verdient», sagte Clovis.

Der Untergrund

«Das Kunstgeschwätz dieser Frau langweilt mich maßlos», sagte Clovis zu seinem Freund, dem Journalisten. «Bestimmte Gemälde bezeichnet sie mit besonderer Vorliebe als ‹geschmackvoll› – als handele es sich um eine delikate Pilzart.»
«Dabei fällt mir die Geschichte von Henri Deplis ein», sagte der Journalist. «Habe ich sie Ihnen schon erzählt?»
Clovis schüttelte den Kopf.
«Henri Deplis wurde als Untertan des Großherzogtums Luxemburg geboren. Nach reiflicher Überlegung entschloß er sich, Handelsvertreter zu werden. Seine berufliche Tätigkeit führte ihn auch häufig über die Grenzen des Großherzogtums hinaus; und so hielt er sich eines Tages gerade in Norditalien auf, als ihn die Mitteilung erreichte, daß der Nachlaß eines entfernten und nun verstorbenen Verwandten ihm zugefallen sei.

Das Erbe war nicht groß – selbst nicht vom bescheidenen Standpunkt des Henri Deplis aus. Trotzdem ermöglichte es ihm anscheinend die Erfüllung einiger Sonderwünsche; im besonderen versetzte es ihn in die Lage, die einheimische Kunst in Gestalt der Tätowiernadeln eines Signor Andreas Pincini zu fördern. Dieser Signor Pincini war der vielleicht bedeutendste Meister in der Kunst des Tätowierens, den Italien jemals hervorbrachte, obgleich sich seine Verhältnisse schon damals offensichtlich verschlechterten. Deshalb übernahm er für ein Honorar von sechshundert Francs begeistert den Auftrag, den Rücken seines Kunden – vom Schlüsselbein bis zur Gürtellinie – mit einem großartigen Werk zu bedecken, das den *Sturz des Ikarus* darstellen sollte. Nach der Fertigstellung war es jedoch für *Monsieur* Deplis eine kleine Enttäuschung, da er geglaubt hatte, daß Ikarus ein norditalienischer Kondottiere gewesen und ermordet worden sei. Aber mit der Ausführung war er mehr als zufrieden, und jeder, der den Vorzug genoß, es betrachten zu dürfen, bezeichnete es begeistert als Pincinis Meisterwerk.

Es war tatsächlich Pincinis Meisterwerk – und sein letztes dazu; denn ohne auf das Honorar zu warten, trennte sich der berühmte Künstler von dieser Welt. Er wurde unter einem mit Ornamenten geschmückten Grabstein beigesetzt. Die geflügelten Engel, die den Stein zierten, hätten ihm jedoch zur Ausübung seiner über alles geliebten Kunst kaum Spielraum gegeben. Zurück blieb jedenfalls die Witwe Pincini, der die Forderung über die sechshundert Francs zugefallen war. Durch eine Vielzahl kleiner Ausgaben war Deplis' Erbe jedoch erheblich zusammengeschmolzen, und nachdem noch eine dringende Weinrechnung sowie verschiedene andere Posten beglichen waren, blieben kaum mehr als vierhundertdreißig Francs übrig, die auch der Witwe angeboten wurden. Die Dame war entsprechend aufgebracht – nicht nur, wie sie wortreich erklärte, wegen der Zumutung, einhundertsiebzig Francs abschreiben zu sollen, sondern genauso wegen des Versuchs, den Wert des allgemein anerkannten Meisterwerks ihres verstorbenen Gatten auf diese Weise zu mindern. Nach Verlauf einer weiteren Woche war Deplis genötigt, sein Angebot auf vierhundertundfünf Francs herabzusetzen; daraufhin schlug die Entrüstung der Witwe in Empörung um. Sie widerrief den Verkauf des Kunstwerkes, und nach einigen Tagen erfuhr Henri Deplis mit Bestürzung, daß das Werk nicht nur der Stadtverwaltung von Bergamo angeboten, sondern von dieser auch dankbar angenommen worden sei. So unauffällig wie nur möglich verließ Deplis diese Gegend und war von Herzen froh, als seine berufliche Tätigkeit ihn nach Rom führte. Hier hoffte er nicht nur selbst, sondern auch mit dem berühmten Bild untertauchen zu können.

Auf seinem Rücken trug er jedoch jene Bürde, die ihm der Genius eines Toten aufgeladen hatte. Als er sich eines Tages in den umwölkten Gängen eines Dampfbades zeigte, wurde er von dem Besitzer – einem gebürtigen Norditaliener – in seine Kleider zurückgejagt, weil dieser sich entschieden weigerte,

den berühmten *Sturz des Ikarus* ohne Genehmigung der Stadtverwaltung von Bergamo öffentlich zur Schau zu stellen. Je weiter dieser Fall bekannt wurde, desto größer wurden öffentliches Interesse und amtliche Aufmerksamkeit. Und so kam es schließlich, daß Henri Deplis – an einem wirklich heißen Nachmittag – nicht einmal ein kurzes Bad im Meer oder in einem Fluß nehmen durfte, es sei denn, er hüllte sich bis zum Hals in ein undurchsichtiges Badegewand. Später kam die Stadtverwaltung von Bergamo auf den Gedanken, Meerwasser könne dem Meisterwerk schaden; sie erwirkte daher eine Verfügung, mit der es dem geplagten Handelsvertreter unter Strafandrohung untersagt war, jemals im Meer zu baden. Alles in allem war er daher von Herzen dankbar, als seine Firma ein neues Tätigkeitsgebiet für ihn fand, das in der Nähe der französischen Stadt Bordeaux lag. An der italienisch-französischen Grenze fand seine Dankbarkeit jedoch ein jähes und unvorhergesehenes Ende: Eine von Zollbeamten gebildete Kette, die ihren Eindruck nicht verfehlte, verwehrte ihm die Ausreise. Man wies ihn nachdrücklich auf ein Gesetz hin, das die Ausfuhr italienischer Kunstwerke strikt untersagte.
Zwischen den Regierungen Luxemburgs und Italiens fanden daraufhin Verhandlungen statt, während über dem gesamten europäischen Kontinent die Drohung eines ernsten Konfliktes lastete. Aber die italienische Regierung blieb hart; nach wie vor lehnte sie es ab, sich mit dem Schicksal – oder auch nur mit der Existenz – des Handelsvertreters Henri

Deplis zu befassen, und verharrte unerschütterlich auf der Entscheidung, daß der *Sturz des Ikarus* (von dem verstorbenen Pincini, Andreas), gegenwärtig Eigentum der Stadtverwaltung von Bergamo, nicht außer Landes gebracht werden dürfe.
Im Laufe der Zeit legte sich die Aufregung wieder; nur der unglückliche Deplis, der von Natur aus schüchtern war, wurde nach wenigen Monaten wiederum Gegenstand einer erbitterten Kontroverse. Ein deutscher Kunstexperte, der von der Stadtverwaltung von Bergamo die Genehmigung erhalten hatte, das berühmte Meisterwerk zu besichtigen, erklärte, daß es dem Pincini fälschlich zugeschrieben werde; allem Anschein nach handele es sich um die Arbeit eines Schülers des Pincini, der während der fraglichen Epoche bei dem Meister gearbeitet habe. Die Angaben des Deplis seien wertlos, da er während des ganzen Zeitraums unter dem Einfluß der üblichen Narkotika gestanden habe. Der Herausgeber einer italienischen Kunstzeitschrift wies die Behauptung des deutschen Experten zurück und versuchte den Beweis zu erbringen, daß das Privatleben des Sachverständigen nicht mit den Grundsätzen akademischer Bescheidenheit übereinstimme. Ganz Italien und ganz Deutschland wurden von dieser Auseinandersetzung erfaßt, und auch das übrige Europa wurde im Laufe der Zeit in diesen Fall verwickelt. Im spanischen Parlament kam es darüber zu stürmischen Szenen, während die Kopenhagener Universität dem deutschen Experten eine Goldmedaille verlieh und später eine Kommission nach Italien schickte,

um die Beweise an Ort und Stelle nachzuprüfen. Außerdem begingen zwei in Paris lebende polnische Studenten Selbstmord, um dadurch ihre Ansichten über den Streitfall zum Ausdruck zu bringen.

Die Lage des unglücklichen menschlichen Untergrunds hatte sich jedoch nicht gebessert, und so überraschte es niemanden, daß er sich anarchistischen Kreisen Italiens anschloß. Mindestens viermal wurde er als gefährlicher und unerwünschter Ausländer unter Bewachung an die Grenze gebracht; und jedesmal wurde der *Sturz des Ikarus* (dem Pincini, Andreas, zugeschrieben; frühes 20. Jahrhundert) wieder zurückgebracht. Eines Tages goß ein Genosse auf einem Anarchisten-Kongreß in der Hitze des Gefechts eine mit einer ätzenden Flüssigkeit gefüllte Phiole über Deplis' Rücken aus. Das rote Hemd, das er auf dem Leibe trug, schwächte zwar die ätzende Wirkung der Flüssigkeit, aber trotzdem wurde der *Ikarus* bis zur Unkenntlichkeit zerstört. Wegen Angriffs auf einen anarchistischen Genossen wurde der Täter scharf getadelt, wegen Vernichtung eines nationalen Kunstwerkes zu sieben Jahren Gefängnis verurteilt. Kaum hatte Henri Deplis das Krankenhaus verlassen, wurde er als unerwünschter Ausländer über die Grenze abgeschoben.

In den ruhigeren Straßen von Paris, besonders in der Nähe des Kultusministeriums, begegnet man gelegentlich einem verschüchterten, verstört wirkenden Mann, der einen luxemburgisch gefärbten Dialekt spricht. Er lebt in dem Wahn, einer der unauffindbaren Arme der *Venus von Milo* zu sein, und hofft, daß die französische Regierung ihn eines Tages doch noch ankaufen wird. Sonst aber macht er einen leidlich zurechnungsfähigen Eindruck.»

Die Therapie

Im Gepäcknetz des Eisenbahnwagens, Clovis unmittelbar gegenüber, lag eine solide gearbeitete Reisetasche mit einem deutlich geschriebenen Namensschild, auf dem zu lesen war: «J. P. Huddle, The Warren, Tilfield near Slowborough». Direkt unter dem Gepäcknetz saß die menschliche Verkörperung dieser Anschrift, ein solides, gesetztes Individuum, gesetzt gekleidet und in ein gesetztes Gespräch vertieft. Selbst ohne diese Unterhaltung – die mit einem neben ihm sitzenden Freund geführt wurde und bei der es in der Hauptsache um Themen wie die Spätreife der römischen Hyazinthe und das Überhandnehmen der Masern im Pfarrhaus ging – hätte man das Temperament und den geistigen Standpunkt des Reisetaschenbesitzers ziemlich genau abschätzen können. Er schien jedoch nicht willens, auch nur die geringste Kleinigkeit allein der Phantasie eines flüchtigen Beobachters zu überlassen, und das Gespräch wurde wenig später ausgesprochen persönlich und selbstbeschaulich.

«Ich weiß nicht, wie es kommt», erzählte er seinem Freund, «aber obgleich ich nicht viel über Vierzig bin, scheine ich tiefgreifende Gewohnheiten angenommen zu haben, die eher einem sehr viel älteren Menschen entsprächen. Bei meiner Schwester zeigt sich dieselbe Neigung. Wir haben es gern, wenn alles an seinem gewohnten Platz steht, wenn alles genau zur festgesetzten Zeit geschieht, und alles millimetergenau und auf die Minute pünktlich abläuft, wenn also alles und jedes normal, ordentlich, präzise und methodisch geschieht. Es irritiert und ärgert uns, wenn es einmal nicht so ist. Um ein ganz unbedeutendes Beispiel zu nennen: Jahr für Jahr hatte eine Drossel ihr Nest in der Weide auf dem Rasen gebaut; dieses Jahr baute sie es, ohne jeden Grund, im Efeu an der Gartenmauer. Meine Schwester und ich haben zwar kaum ein Wort darüber verloren, aber trotzdem glaube ich, daß diese Veränderung unserer beider Ansicht nach vollkommen unnötig und daher ein bißchen irritierend ist.»

«Vielleicht ist es diesmal eine andere Drossel.»

«Daran haben wir auch schon gedacht», sagte J. P. Huddle, «aber meiner Ansicht nach wäre dies ein noch größerer Anlaß des Ärgernisses. Wir stehen auf dem Standpunkt, daß ein Wechsel der Drossel zu unseren Lebzeiten unerwünscht ist; und dennoch haben wir, wie ich bereits sagte, eigentlich noch nicht das Alter erreicht, in dem derartige Dinge sich ernstlich bemerkbar machen.»

«Was Sie brauchen», sagte der Freund, »ist eine Unruhekur.»
«Eine Unruhekur? Davon habe ich noch nie etwas gehört.»
«Es gibt Ruhekuren für Leute, die unter der Anspannung durch zu große Anstrengungen und ein angestrengtes Leben zusammengebrochen sind; Sie hingegen leiden an überspannter Ruhe und Muße, und demnach brauchen Sie eine genau entgegengesetzte Behandlung.»
«Aber wohin muß man dazu gehen?»
«Ach Gott – lassen Sie sich in Südafrika als Kandidat der Opposition aufstellen, oder fahren Sie nach Paris und besuchen Sie die dortigen *Apachen*viertel, oder halten Sie in Berlin Vorträge und beweisen Sie, daß Wagners Musik von Gambetta komponiert wurde; und schließlich gibt es noch Reisen in das Innere von Marokko. Damit die Unruhekur jedoch tatsächlich wirksam ist, sollte man versuchen, sie zu Hause durchzuführen. Wie man es jedoch anstellen könnte – darüber habe ich nicht die leiseste Vorstellung.»
An diesem Punkt der Unterhaltung wurde Clovis von gespannter Aufmerksamkeit überwältigt. Schließlich versprach sein zweitägiger Besuch bei einer ältlichen Verwandten in Slowborough nicht allzu aufregend zu werden. Bevor der Zug zum Stillstand kam, hatte er seine linke Manschette mit einer Inschrift verziert: «J. P. Huddle, The Warren, Tilfield near Slowborough.»
Zwei Vormittage später brach Mr. Huddle in die Zurückgezogenheit seiner Schwester ein, die im

Frühstückszimmer saß und die Zeitschrift *Country Life* las. Es war für sie nach Tag, Stunde und Ort an der Zeit, diese Zeitschrift zu lesen, und die Störung war demnach völlig unangemessen; er hielt jedoch ein Telegramm in der Hand, und in jenem Hause galten Telegramme als von Gott gesandte Ereignisse. Insbesondere dieses Telegramm ähnelte in seiner Art einem Blitzschlag. «Bischof prüft Firmlinge in Nachbarschaft stop wegen Masern Unterbringung im Pfarrhaus unmöglich stop erbittet Gastfreundschaft stop schickt Sekretär zwecks Vorbereitung.»

«Aber ich kenne den Bischof doch kaum; ich habe nur ein einziges Mal mit ihm gesprochen», rief J. P. Huddle aus. Dabei wirkte er so schuldbewußt wie einer, der zu spät erkennt, wie unpassend es war, fremde Bischöfe anzusprechen. Miss Huddle dagegen hatte sich als erste wieder gefaßt; Blitze waren ihr genauso zuwider wie ihrem Bruder, aber ihr weiblicher Instinkt verriet ihr, daß bestimmte Blitze gespeist werden müssen.

«Wir können die kalte Ente als Ragout servieren», sagte sie. Zwar war es nicht der Tag, an dem es Ragout zu geben pflegte, aber der kleine orangefarbene Umschlag bedingte zwangsläufig eine gewisse Abkehr von den gewohnten Regeln und Gebräuchen. Ihr Bruder äußerte sich dazu nicht; sein Blick dankte ihr jedoch für ihre Tapferkeit.

«Ein junger Herr möchte Sie sprechen», verkündete das Zimmermädchen.

«Der Sekretär!» murmelten die Huddles einstimmig; im gleichen Moment straffte sich ihre Haltung und verriet, daß sie zwar jeden Fremden für schuldig hielten, daß sie sich jedoch bereitwillig anhören wollten, was derartige Leute zu ihrer Entschuldigung vorzubringen hätten. Der junge Gentleman, der das Zimmer mit einem gewissen eleganten Hochmut betrat, entsprach in nichts den Vorstellungen, die Huddle sich von dem Sekretär eines Bischofs machte; er hatte nicht geglaubt, daß das Episkopat sich einen derartig kostspieligen Gegenstand leisten konnte, zumal so viele andere Anforderungen vom bischöflichen Vermögen befriedigt werden wollten. Das Gesicht kam ihm flüchtig bekannt vor; hätte er dem Mitreisenden, der vor zwei Tagen ihm gegenüber im gleichen Eisenbahnwagen gesessen hatte, etwas mehr Aufmerksamkeit gewidmet, hätte er in dem gegenwärtigen Besucher vielleicht Clovis erkannt.

«Sie sind der Sekretär des Bischofs?» fragte Huddle und wurde in seiner Befangenheit zusehends ehrerbietiger.

«Sein Privatsekretär», antwortete Clovis. «Sie können mich Stanislaus nennen; mein Nachname ist nicht so wichtig. Es ist möglich, daß der Bischof und Colonel Alberti zum Mittagessen herkommen. Ich jedenfalls werde bestimmt hier sein.»

Es klang, als handelte es sich um das Programm eines königlichen Besuchs.

«Der Bischof prüft Firmlinge in der Nachbarschaft, nicht wahr?» fragte Miss Huddle.

«Angeblich, ja», lautete die dunkle Antwort, der die Aufforderung folgte, eine Karte der Umgebung in möglichst großem Maßstab zu beschaffen.

Clovis war immer noch in ein scheinbar gründliches Studium der Karte vertieft, als ein weiteres Telegramm eintraf. Adressiert war es an «Prince Stanislaus, care of Huddle, The Warren, Tilfield near Slowborough». Clovis überflog seinen Inhalt mit einem flüchtigen Blick und gab dann bekannt: «Der Bischof und Alberti werden erst am späten Nachmittag hier eintreffen.» Dann machte er sich wieder an eine gründliche Prüfung der Karte.

Das Mittagessen war keine sehr fröhliche Angelegenheit. Der prinzliche Sekretär aß und trank zwar mit gesundem Appetit, verhinderte jedoch entschlossen jede Unterhaltung. Am Schluß des Mahles zeigte er dann jedoch plötzlich ein strahlendes Lächeln, bedankte sich bei seiner Gastgeberin für die reizende Einladung und küßte ihr mit ehrerbietiger Leidenschaft die Hand. Miss Huddle sah sich außerstande, in Gedanken zu entscheiden, ob es sich dabei um eine Höflichkeit im Sinne eines Louis Quatorze oder aber um die tadelnswerte römische Haltung gegenüber den Sabinerinnen gehandelt hatte. Eigentlich war es nicht der Tag, an dem sie Kopfschmerzen zu haben pflegte, aber sie hatte das Gefühl, daß die Umstände dies entschuldigten, und so zog sie sich auf ihr Zimmer zurück, um vor dem Eintreffen des Bischofs soviel Kopfschmerzen wie nur möglich zu haben. Nachdem Clovis sich nach dem Weg zum nächsten Telegrammbüro erkundigt hatte, verschwand er wenig später, indem er den Fahrweg entlang ging. Etwa zwei Stunden später traf Mr. Huddle ihn in der Diele und fragte, wann denn der Bischof eintreffen würde.

«Er ist mit Alberti bereits in der Bibliothek.»

«Aber warum hat man mir nicht Bescheid gesagt? Ich habe keine Ahnung gehabt, daß er bereits hier ist!» rief Huddle aus.

«Kein Mensch weiß, daß er hier ist», sagte Clovis. «Je unauffälliger die Angelegenheit bleibt, desto besser. Und stören Sie ihn auf keinen Fall in der Bibliothek. Das ist ein Befehl von ihm.»

«Aber was soll diese ganze Geheimnistuerei? Und wer ist Alberti? Und will der Bischof nicht vielleicht eine Tasse Tee trinken?»

«Der Bischof interessiert sich für Blut und nicht für Tee!»

«Für Blut!» sagte Huddle atemlos; seiner Ansicht nach hatte der Blitz durch nähere Bekanntschaft keineswegs gewonnen.

«Der heutige Abend wird als bedeutende Nacht in die Geschichte der Christenheit eingehen», sagte Clovis. «Wir haben die Absicht, jeden einzelnen Juden in der Umgebung zu massakrieren.»

«Die Juden zu massakrieren!» sagte Huddle aufgebracht. «Wollen Sie damit sagen, daß ein allgemeiner Aufstand gegen die Juden stattfindet?»

«Nein – es handelt sich nur um eine Idee des Bischofs. Augenblicklich ist er gerade damit beschäftigt, die Einzelheiten zu regeln.»

«Aber... Der Bischof ist doch ein so toleranter, humaner Mensch.»

«Und genau das wird die Wirkung seiner Aktion noch verstärken. Die Sensation wird ungeheuer sein.»

Zumindest das war für Huddle glaubhaft.

«Man wird ihn hängen!» sagte er mit Überzeugung. «Ein Kraftwagen steht bereit und bringt ihn zur Küste, wo ein Dampfschiff wartet.»
«Aber in der ganzen Gegend gibt es keine dreißig Juden», wandte Huddle ein, dessen Gehirn – nach den wiederholten Schocks dieses Tages – mit der Unzuverlässigkeit von Telegraphendrähten während störender Erdbeben funktionierte.
«Auf unserer Liste stehen sechsundzwanzig», sagte Clovis und deutete mit einer lässigen Handbewegung auf einen Stapel von Notizzetteln. «Auf diese Weise sind wir in der Lage, uns gründlicher mit ihnen zu befassen.»
«Wollen Sie damit sagen, daß Sie Gewalttätigkeiten gegen einen Mann wie Sir Leon Birberry planen?» stammelte Huddle. «Sir Leon gehört zu den angesehensten Männern des Landes.»
«Sein Name steht auf unserer Liste», sagte Clovis nachlässig. «Schließlich verfügen wir über Männer, denen wir zutrauen können, daß sie ihre Aufgabe zuverlässig erledigen, so daß wir auf die Hilfe örtlicher Kreise nicht angewiesen sind. Und ferner haben wir einige Pfadfinder dabei, die als Hilfstruppe einspringen können.»
«Pfadfinder?»
«Ja. Als sie begriffen, daß tatsächlich Leute umgebracht werden sollten, waren sie noch begeisterter als die Erwachsenen.»
«Diese Angelegenheit wird zu einem Schandfleck des zwanzigsten Jahrhunderts!»
«Und Ihr Haus ist der Ort, in dem dieser Schandfleck entstand. Haben Sie noch nicht begriffen, daß

die Hälfte aller Zeitungen in Europa und den Vereinigten Staaten Aufnahmen von diesem Haus veröffentlichen wird? Übrigens habe ich einige Aufnahmen von Ihnen und Ihrer Schwester, die ich in der Bibliothek fand, an den *Matin* und an *Die Woche* geschickt; ich hoffe, sie haben nichts dagegen. Ebenso eine Skizze dieser Treppe; die meisten werden wahrscheinlich auf der Treppe umgebracht werden.»

Die Gefühle, die durch J. P. Huddles Gehirn brandeten, waren beinahe zu gewaltig, um sprachlichen Ausdruck zu finden. Dennoch gelang es ihm hervorzustoßen: «In diesem Haus gibt es keine Juden.»

«Augenblicklich noch nicht», sagte Clovis.

«Ich werde zur Polizei gehen», brüllte Huddle mit plötzlicher Energie.

«Draußen im Gebüsch», sagte Clovis, «sind zehn Männer postiert, die Befehl haben, auf jeden zu feuern, der das Haus verläßt, ohne daß ich durch ein Zeichen die Erlaubnis gegeben habe. Eine zweite bewaffnete Gruppe liegt in der Nähe des Gartentors im Hinterhalt. Die Pfadfinder bewachen die Rückseite des Hauses.»

In diesem Moment hörte man auf der Auffahrt das fröhliche Geheul einer Autohupe. Huddle stürzte zur Haustür und fühlte sich wie ein Mann, der aus einem Alptraum halb erwacht ist; ihm gegenüber stand Sir Leon Birberry, der selbst mit seinem Wagen herübergefahren war. «Ich habe Ihr Telegramm bekommen», sagte er. «Was ist los?»

Ein Telegramm? Heute schien der Tag der Telegramme zu sein.

«Kommen Sie sofort stop dringend stop James Huddle», lautete der Inhalt jener Botschaft, die Huddles verblüffte Augen lasen.
«Jetzt verstehe ich alles!» rief er plötzlich mit einer Stimme, die vor Erregung schwankte, und mit einem gepeinigten Blick in Richtung des Gebüschs zerrte er den erstaunten Birberry in das Haus. In der Diele war gerade der Teetisch gedeckt worden, aber der jetzt von Panik ergriffene Huddle zog seinen protestierenden Gast die Treppe hinauf, und binnen weniger Minuten hatte sich der gesamte Haushalt in jener Region momentaner Sicherheit versammelt. Nur Clovis beehrte den Teetisch mit seiner Gegenwart; die Fanatiker in der Bibliothek waren offenbar zu sehr in ihr ungeheuerliches Vorhaben vertieft, um ihre kostbare Zeit mit Teetassen und frischgeröstetem Toast zu verschwenden. Ein einziges Mal erhob sich der junge Mann, um das Läuten der Hausklingel zu beantworten, und ließ Mr. Paul Isaacs herein, Schuhmacher und Mitglied des Kirchenrates, der ebenfalls eine dringende Aufforderung erhalten hatte. Mit grausamer gespielter Höflichkeit, die zu übertreffen selbst einem Borgia schwergefallen wäre, geleitete der Sekretär den neuen Gefangenen, der ihm ins Netz gegangen war, die Treppe hinauf, wo der unfreiwillige Gastgeber sich seiner annahm.
Und dann folgte eine lange gespenstische Zeit des Beobachtens und Abwartens. Einmal oder zweimal verließ Clovis das Haus, um an den Büschen entlang zu schlendern, und jedesmal kehrte er in die Bibliothek zurück – offenbar um Bericht zu erstat-

ten. Einmal ging er zur Tür, um dem Briefträger die Post abzunehmen, und lieferte sie in förmlicher Höflichkeit am oberen Treppenabsatz ab. Nach seiner nächsten Abwesenheit stieg er die Treppe zur Hälfte hoch, um etwas bekanntzugeben.

«Die Pfadfinder haben mein Zeichen mißverstanden und den Briefträger getötet. Sie müssen verstehen, daß ich in diesen Dingen noch zu wenig Übung habe. Das nächste Mal wird es bestimmt besser klappen.»

Das Hausmädchen, das mit dem Briefträger verlobt war und ihn bald heiraten wollte, ließ ihrem Kummer hörbaren Lauf.

«Denken Sie daran, daß Ihre Herrin Kopfschmerzen hat», sagte J.P. Huddle. Miss Huddles Kopfschmerzen waren mittlerweile schlimmer geworden.

Clovis eilte die Treppe hinab, und nach kurzem Aufenthalt in der Bibliothek kehrte er mit einer neuen Nachricht zurück.

«Der Bischof bedauert, daß Miss Huddle Kopfschmerzen hat. Er hat den Befehl erlassen, daß Feuerwaffen soweit wie irgend möglich in der Nähe des Hauses nicht verwendet werden; sollte es notwendig sein, einen Menschen auf dem Grundstück selbst umzubringen, soll dies mit blankem Stahl geschehen. Der Bischof ist der Meinung, daß man sowohl Christ als zugleich auch Gentleman sein kann.»

Bei dieser Gelegenheit wurde Clovis zum letztenmal im Hause gesehen; es war beinahe sieben Uhr, und seine ältliche Verwandte sah es gern, wenn er sich zum Abendessen umzog. Aber obgleich er die im Hause Anwesenden ein für allemal verlassen hatte, spukte die versteckte Andeutung seiner Gegenwart in den unteren Etagen des Hauses während der langen Nachtstunden noch herum, und jedes Knakken auf der Treppe, jedes Rascheln des Windes im Gebüsch steckte voller furchtbarer Bedeutung. Gegen sieben Uhr morgens überzeugten der Gärtnerssohn und der Briefträger, der die Frühpost brachte, die Beobachter endgültig von der Tatsache, daß das zwanzigste Jahrhundert nach wie vor unbefleckt war.

«Ich nehme nicht an», meinte Clovis, als der Frühzug ihn nach London zurückbrachte, «daß sie mir für die Unruhekur auch nur im geringsten dankbar sind.»

Der Friede von Mowsle Barton

Crefton Lockyer saß auf dem kleinen Grundstück, halb Obstanlage, halb Garten, das an den Hof von Mowsle Barton angrenzte, und genoß seine Ruhe, gleichermaßen eine Ruhe des Körpers und des Geistes. Die Stille und der Friede des von Hügeln umsäumten Gehöfts trafen seine Sinne nach den Anspannungen und dem Lärm der langen Jahre in der Stadt mit fast dramatischer Intensität. Zeit und Raum schienen ihre Bedeutung und Schroffheit zu verlieren; die Minuten vergingen zu Stunden, und die Wiesen und Brachen versanken im Mittelgrund, unmerklich und sanft. Wilde Schlingen wucherten sich von den Hecken unter die Gartenblumen, und Goldlack und die Büsche im Garten gingen ihrerseits zum Angriff auf Hof und Weg vor. Schläfrige Hühner und in ernste Geschäftigkeit vertiefte Enten fühlten sich auf dem Hof ebenso heimisch wie im Obstgarten und auf der Landstraße. Nichts schien seinen angestammten Ort zu haben, selbst die Tore traf man nicht notwendigerweise in ihren Angeln an. Und über der ganzen Szenerie brütete ein Friede, dessen Ausstrahlung fast etwas Magisches an sich hatte. Am Nachmittag meinte man, es sei immer Nachmittag gewesen, und in der Dämmerung wußte man, daß nie etwas anderes als Dämmerung hätte sein können. Crefton Lockyer genoß seine Ruhe auf der schlichten Bank unter dem alten Mehlbeerbaum und entschied, daß hier der Ankerplatz seines Lebens war, den ihm seine Gedanken so liebevoll ausgemalt, den sich seine müden und beschädigten Sinne so oft ersehnt hatten. Er würde sich ein ständiges Quartier im Kreise dieser einfachen, freundlichen Menschen schaffen und nach und nach die bescheidenen Annehmlichkeiten vermehren, mit denen er sich gern umgeben wollte, aber auch ihre Lebensart würde er so weit als möglich annehmen.

Als dieser Entschluß langsam in seinem Innern heranreifte, kam eine ältere Frau unsicheren Ganges durch den Obstgarten dahergehumpelt. Er erkannte sie als dem bäuerlichen Haushalt zugehörig, die Mutter oder vielleicht die Schwiegermutter von Mrs. Spursfield, seiner Hauswirtin, und legte sich hastig eine freundliche Bemerkung für sie zurecht. Sie aber kam ihm zuvor.

«Da ist was mit Kreide an die Tür dort drüben geschrieben. Was ist es?»

Sie redete in einer tonlos unpersönlichen Weise, so als ob ihr die Frage seit Jahren auf der Zunge gelegen hätte und sie sie am besten jetzt endlich los

würde. Ihre Augen jedoch blickten ungeduldig über Creftons Haupt hinweg auf die Tür einer kleinen Scheune, die den Vorposten einer schütteren Linie von Wirtschaftsgebäuden bildete.
«Martha Pillamon ist eine alte Hexe», lautete die Botschaft, die Creftons forschendem Blick begegnete, und er zögerte einen Moment, bevor er der Erklärung größere Bekanntheit verschaffte. Wenn er auch Gegenteiliges gehört hatte – es könnte Martha höchstselbst sein, mit der er gerade redete. Es war immerhin möglich, daß Mrs. Spurfields Mädchenname Pillamon gewesen war. Und die hagere, verwitterte alte Dame an seiner Seite mochte gewiß den örtlichen Bedingungen hinsichtlich der äußeren Erscheinung einer Hexe entsprechen.
«Es betrifft jemanden mit Namen Martha Pillamon», erklärte er behutsam.
«Was steht da?»
«Etwas sehr Geringschätziges», sagte Crefton; «da steht, sie ist eine Hexe. Solche Sachen sollte man nicht hinschreiben.»
«Es stimmt, jedes Wort», sagte seine Zuhörerin mit beträchtlicher Befriedigung und fügte noch eine eigene, besonders anschauliche Nuance hinzu: «Die alte Kröte.»
Und als sie durch den Hof davonhumpelte, kreischte sie mit rissiger Stimme, «Martha Pillamon ist eine alte Hexe!»
«Haben Sie gehört, was sie gesagt hat?» brummelte eine schwache, zornige Stimme irgendwo hinter Creftons Rücken. Hastig wandte er sich um und gewahrte ein weiteres altes Weib, dürr und gelb und

verrunzelt und augenscheinlich in einem Zustand höchsten Unwillens. Offensichtlich war dies Martha Pillamon in eigener Person. Der Obstgarten schien ein bevorzugter Ort des Spazierganges für die bejahrten Damen der Nachbarschaft zu sein.
«Alles Lüge, lästerliche Lüge», fuhr die schwache Stimme fort. «Betsy Croot ist nämlich die alte Hexe. Die und ihre Tochter, die dreckige Ratte. Ich werd sie verwünschen, die alten Plagen.»
Als sie langsam davonhinkte, fiel ihr Blick auf die Kreideinschrift an der Scheunentür.
«Was steht da geschrieben?» fragte sie grimmig und fuhr zu Crefton herum.
«Wählt Soarker», gab er zurück mit der zaghaften Kühnheit des erfahrenen Friedensstifters.
Die Alte grunzte, und ihr Gebrummel und ihr ausgebleichter roter Schal verloren sich allmählich zwischen den Baumstämmen. Crefton erhob sich und machte sich auf den Weg ins Haus. Es schien ein Gutteil des Friedens aus der Atmosphäre gewichen zu sein.
Die heitere Rührigkeit der Teestunde in der alten Bauernküche, die Crefton an vergangenen Nachmittagen als so angenehm empfunden hatte, schien sich heute zu einer gewissen unbehaglichen Melancholie verbiestert zu haben. Eine trübe, schleppende Stille schlich um den Tisch, und selbst der Tee, als Crefton ihn schließlich kostete, war ein schales lauwarmes Gebräu, das jedem Karneval den Geist der Lustbarkeit ausgetrieben hätte.
«Sinnlos, sich über den Tee zu beklagen», sagte Mrs. Spurfield hastig, als ihr Gast mit der Miene

höflicher Prüfung auf seine Tasse starrte. «Das Wasser will nicht kochen, so wahr ich hier stehe.»
Crefton wandte sich dem Herd zu, in dem ein ungewöhnlich heftiges Feuer unter einem großen schwarzen Teekessel aufgeschichtet war, der eine dünne Dampfsäule aus seiner Tülle entließ, ansonsten jedoch die Bemühungen der prasselnden Flamme unter sich zu ignorieren schien.
«Über eine Stunde ist es jetzt dort, und will und will nicht kochen», sagte Mrs. Spurfield und fügte die erschöpfende Erläuterung hinzu: «Wir sind verhext.»
«Und das war Martha Pillamon», fiel die alte Mutter ein; «aber ich werds der alten Kröte heimzahlen. Ich werd sie verwünschen.»
«Irgendwann muß es ja kochen», protestierte Crefton, die Andeutung böser Einflüsse übergehend. «Vielleicht ist die Kohle feucht.»
«Es wird nicht rechtzeitig zum Abendessen kochen, auch nicht zum Frühstück morgen früh, und wenn wir das Feuer die ganze Nacht lang brennen lassen», sagte Mrs. Spurfield. Und so war es. Der Haushalt ernährte sich von Gebratenem und Gebackenem, und ein Nachbar war so zuvorkommend, Tee zu kochen und ihn in mäßig warmem Zustand vorbeizuschicken.
«Sie werden uns wohl verlassen, jetzt wo's ungemütlich geworden ist hier», bemerkte Mrs. Spurfield beim Frühstück; «gibt ja Leute, die lassen einen im Stich, wenns Ärger gibt.»
Crefton wies eiligst jede plötzliche Änderung seiner Pläne von sich; insgeheim bemerkte er allerdings,

daß die frühere Herzlichkeit des Umgangs den Haushalt zum großen Teil verlassen hatte. Verdächtige Blicke, störrisches Schweigen oder eine spitze Sprache bestimmten den Tagesablauf. Was die alte Mutter anging, so drückte sie sich den ganzen Tag in der Küche oder im Garten herum und murmelte Drohungen und Verwünschungen gegen Martha Pillamon. Es lag etwas gleichermaßen Erschreckendes wie Rührendes in dem Schauspiel, das diese schwachen alten Krümchen Menschheit mit ihren letzten aufflackernden Anstrengungen, sich gegenseitig unglücklich zu machen, boten. Haß schien die einzige seelische Kraft zu sein, die mit unverminderter Energie und Heftigkeit überlebt hatte, während alles andere einem geordneten und symmetrischen Verfall anheim fiel. Und das Unheimliche daran war, daß ihre Bosheiten und Verdammungen offenbar irgendeine greuliche, Verderben bringende Macht absonderten. Keine noch so rationale Erklärung konnte die unzweifelhafte Tatsache negieren, daß weder Kessel noch Kasserolle auch über dem heißesten Feuer zum Siedepunkt gelangen wollten. Crefton klammerte sich so lange wie möglich an die Theorie eines Defekts der Kohle, aber auch ein Holzfeuer zeitigte dasselbe Ergebnis, und als ein kleines spiritusbefeuertes Gefäß, das er eigens durch Boten hatte kommen lassen, dieselbe hartnäckige Weigerung an den Tag legte, seinen Inhalt zum Kochen zu bringen, hatte er das Gefühl, plötzlich mit irgendeiner unvermuteten und sehr bösartigen Erscheinung verborgener Kräfte in Berührung gekommen zu sein. Durch einen Einschnitt in den Hügeln, meilenweit entfernt, konnte er schemenhaft eine Straße erkennen, auf der hin und wieder ein Automobil fuhr; doch hier, so wenig abseits von den Arterien der modernsten Zivilisation, war ein von Fledermäusen umflattertes altes Gehöft, das unter dem sehr handgreiflichen Bann von etwas stand, das unmißverständlich von Hexerei zeugte.

Auf seinem Weg zu den Pfaden jenseits des bäuerlichen Gartens, wo er hoffte, den behaglichen Geist der Friedfertigkeit wiederzuerlangen, dessen es in Heim und Herd – besonders Herd – so sehr mangelte, traf Crefton auf die alte Mutter, die auf dem Sitz unter dem Mehlbeerbaum saß und vor sich hin murmelte: *Eins, was schwimmt, soll sinken, eins, was schwimmt, soll sinken*, wiederholte sie immer aufs neue wie ein Kind, das eine halbgelernte Lektion aufsagt. Und ab und an brach sie in Gelächter aus, schrill und mit einem Klang von Bosheit, der nicht erfreulich anzuhören war. Crefton war froh, als er sich außer Hörweite in der Ruhe und Abgeschlossenheit der tiefen, zu beiden Seiten dicht bewachsenen Heckenwege befand, die ins Nichts zu führen schienen. Einer, schmaler und tiefer als die anderen, zog seine Schritte an, und er war fast verärgert, als dieser sich in Wirklichkeit als winzige Zufahrt zu einer menschlichen Behausung erwies. Ein anscheinend verlassenes Häuschen, mit einem Flikken vernachlässigten Kohlgärtchens und ein paar vergreisten Apfelbäumen daneben, stand an einer Stelle, wo ein schnellfließender Bach ein Stück weit zu einem ansehnlichen Teich anschwoll, bis er wieder durch die Weiden dahineilte, die seinen Lauf kontrollierten. Crefton lehnte sich an einen Baumstamm und blickte über die wirbelnden Strudel des Teichs hinweg auf das bescheidene kleine Gehöft gegenüber; das einzige Lebenszeichen kam von einer kleinen Prozession schmuddeliger Enten, die in einer Reihe zum Ufer hinabmarschierten. Es hat immer etwas Einnehmendes an sich, wenn eine Ente ihr langsames, plumpes Watscheln auf dem Land im Nu mit einem anmutigen, beweglichen Schwimmen auf dem Wasser vertauscht, und Crefton erwartete mit nicht geringer Aufmerksamkeit, daß das Leittier auf die Oberfläche des Teichs springen würde. Gleichzeitig warnte ihn ein merkwürdiges instinktives Gefühl davor, daß etwas Seltsames und Unerfreuliches kurz bevorstand. Die Ente warf sich vertrauensvoll aufs Wasser und verschwand sofort unter der Oberfläche. Ihr Kopf erschien für einen Moment und ging wieder unter, einen Strudel von Luftblasen nach sich ziehend, während Flügel und Beine das Wasser in einem hilflosen Wirbel aus Flattern und Stoßen aufwühlten. Der Vogel war offensichtlich am Ertrinken. Zuerst dachte Crefton, er habe sich in irgendwelchen Schlingpflanzen verfangen oder sei von einem Hecht oder einer Wasserratte angegriffen worden. Aber es kam kein Blut an die Oberfläche, und der wild um sich schlagende Körper setzte den Wasserspiegel des Teichs ohne Behinderung durch eine pflanzliche Falle in Unruhe. Inzwischen war eine zweite Ente in den Teich gesprungen, und ein zweiter zappelnder Körper drehte und wand sich

unter der Oberfläche. Es lag etwas besonders Mitleiderregendes in dem Anblick der nach Luft schnappenden Schnäbel, die hin und wieder aus dem Wasser ragten wie in entsetztem Protest gegen diesen Verrat eines verläßlichen und vertrauten Elements. Creftons Blick wurde starr vor Schreck, als eine dritte Ente am Ufer balancierte und dann hineinplatschte, nur um das Schicksal der andern zwei zu teilen. Er war fast erleichtert, als die übrigen der Schar, von träger Verstörung ob des Tumults der langsam ertrinkenden Körper erfaßt, sich mit steif emporgereckten Hälsen aufrichteten und, mit einem Quaken der äußersten Unruhe, vom Schauplatz der Gefahr abwanderten. Im gleichen Augenblick gewahrte Crefton, daß er nicht der einzige Zeuge dieses Anblicks war; eine gebückte und verwelkte alte Frau, die er sofort als die so unheilvoll beleumundete Martha Pillamon erkannte, war den Pfad von dem Häuschen hinab ans Wasser gehinkt und starrte unbewegt auf das grausige Karussell sterbender Vögel, das seinen furchtbaren Kreis auf dem Teich zog. Da schrillte auch schon ihre Stimme in zitternder Wut:
«Betsy Croot war das gewesen, die alte Ratte. Ich werds verwünschen, warts nur ab.»
Crefton schlich sich still davon, unsicher, ob die Alte seine Gegenwart bemerkt hatte oder nicht. Noch bevor sie die Schuld von Betsy Croot verkündet hatte, war ihm deren gemurmelte Zauberformel, *eins, was schwimmt, soll sinken*, unangenehm durch den Kopf gezuckt. Doch es war jene letzte Androhung eines Vergeltungsfluches, die ihn mit

düsteren Ahnungen erfüllte und alle anderen Gedanken und Vorstellungen verdrängte. Sein Denkvermögen konnte es sich nicht länger erlauben, die Drohungen dieser alten Frauen als leeres Gezänk abzutun. Der Haushalt von Mowsle Barton war dem Mißvergnügen einer rachsüchtigen alten Frau ausgeliefert, die in der Lage zu sein schien, ihren persönlichen Groll auf sehr konkrete Art und Weise zu manifestieren, und niemand konnte sagen, welche Formen ihre Rache für drei ertrunkene Enten annehmen würde. Als Teil des Haushalts konnte Crefton in eine allgemeine und höchst unangenehme Erscheinung von Martha Pillamons Zorn verwickelt werden. Natürlich wußte er, daß er nur absurden Phantastereien nachgab, aber das Verhalten des spiritusbefeuerten Gefäßes und die sich daran anschließende Szene am Teich hatten beträchtlich an seinen Nerven gezerrt. Und was sein Entsetzen noch vergrößerte, war das Nebelhafte seiner Angst; hat man einmal das Unmögliche in seine Berechnungen aufgenommen, sind seine Möglichkeiten praktisch grenzenlos.

Am nächsten Morgen erhob sich Crefton nach einer der unruhigsten Nächte, die er je verbracht hatte, zur üblichen frühen Stunde. Seine geschärften Sinne spürten schnell jene schleichende Atmosphäre des Nicht-ganz-geheuer-Seins, die über einem heimgesuchten Haus hängt. Die Kühe waren gemolken, standen aber zusammengedrängt im Hof und warteten ungeduldig darauf, aufs freie Feld getrieben zu werden, das Geflügel ließ nicht nach, in zudringlichem und nörgelndem Ton die bereits überschrittene Fütterungszeit anzumahnen, und die Pumpe im Hof, die für gewöhnlich am frühen Morgen in geringen Abständen eine mißtönende Musik produzierte, war heute verdächtig stumm. Im Haus selbst war ein Kommen und Gehen huschender Schritte, ein Aufbrausen und Absterben hastiger Stimmen, und lange, beängstigende Momente des Schweigens. Crefton beendete seine Toilette und begab sich zum oberen Absatz des schmalen Treppenhauses. Er konnte eine dumpfe, klagende Stimme hören, eine Stimme, die von Furcht gepreßt war, und erkannte sie als die Mrs. Spurfields.

«Der geht bestimmt», sagte die Stimme; «'s gibt solche, die abhaun, sobald ein richtiges Unheil kommt.»

Crefton fühlte, daß er möglicherweise zu diesen «solchen» gehörte und daß es Augenblicke gibt, in denen es ratsam ist, seinem Typ treu zu sein.

Er schlich zurück in sein Zimmer, packte seine wenigen Habseligkeiten zusammen, legte das Geld, das er für die Unterkunft schuldete, auf einen Tisch, und machte sich durch eine Hintertür über den Hof davon. Ein Schwall Federvieh brandete erwartungsvoll auf ihn zu; ihre eigennützigen Höflichkeitsbezeugungen abschüttelnd rannte er, gedeckt von Kuh- und Schweinestall und Heuschobern, bis er den Weg hinter dem Gehöft erreicht hatte. Ein Gang von wenigen Minuten, den nur die Last seines Handkoffers davon abhielt, sich zu einem ungenierten Laufschritt zu steigern, brachte ihn zur Hauptstraße, wo ihn bald der allmorgendliche Fuhrmann einholte und in die nächste Stadt beförderte. An einer Straßenbiegung warf er einen letzten Blick auf das Gehöft; die alten Giebeldächer und strohgedeckten Scheunen, der spärliche Obstgarten und der Mehlbeerbaum mit dem hölzernen Sitz traten mit beinahe geisterhafter Klarheit im frühen Morgenlicht hervor, und über allem brütete jene Atmosphäre magischer Bemächtigung, die Crefton einst für Frieden gehalten hatte.

Das Gewühl und Getöse des Bahnhofs Paddington schlug an sein Ohr als willkommener, schützender Gruß.

«Sehr schlecht für die Nerven, diese Hast und Eile», sagte ein Mitreisender; «ich gäbe etwas für die Ruhe und den Frieden auf dem Land.»

Crefton verzichtete innerlich auf seinen Teil des begehrten Gutes. Ein überfülltes, grell erleuchtetes Varietétheater, in dem ein eifriges Orchester eine tosende Vorstellung von «Karneval in Rom» gab, kam seiner Vorstellung eines Nervensedativums am nächsten.

Wachtelfutter

«Für uns kleinere Kaufleute sind die Aussichten nicht sehr ermutigend», sagte Mr. Scarrick zu dem Künstler und dessen Schwester, die sich über seinem vorstädtischen Lebensmittelladen eingemietet hatten. «Die großen Konzerne bieten ihren Kunden alle möglichen Attraktionen, die wir uns selbst in kleinerem Umfang einfach nicht leisten können: Lesezimmer und Spielzimmer und Grammophone und weiß der Himmel was noch. Heutzutage kaufen die Leute ein Pfund Zucker nur dann, wenn sie dabei Harry Lauder hören können und die neuesten australischen Kricketergebnisse erfahren. Bei den Vorräten, die wir für die Weihnachtszeit hereingenommen haben, müßten wir eigentlich ein halbes Dutzend Verkäufer anstellen – aber so, wie es jetzt ist, kommen mein Neffe Jimmy und ich allein und ohne Schwierigkeiten zurecht. Ich habe ein ganz hübsches Warenlager, das ich allerdings binnen weniger Wochen verkaufen muß; aber das ist völlig unmöglich – es sei denn, die Bahnlinie nach London wird noch vor Weihnachten für vierzehn Tage zugeschneit. Manchmal denke ich tatsächlich schon daran, Miss Luffcombe zu engagieren, damit sie nachmittags hier rezitiert; bei ihren Auftritten im Postamt hatte sie einen durchschlagenden Erfolg.»

«Eine ungeeignetere Art, Ihren Laden zu einem beliebten Einkaufszentrum zu machen, kann ich mir beim besten Willen nicht vorstellen», sagte der Künstler mit einem wirklich echten Erschauern. «Wenn ich versuchte, zwischen den Vorzügen Karlsbader Pflaumen und denen kandierter Feigen als winterlichem Nachtisch zu entscheiden, würde es mich wütend machen, wenn meine Gedankengänge durch derart lächerliche Dinge gestört würden. Nein», fuhr er fort, «das Verlangen, irgend etwas zu erhalten, ohne etwas dafür zu geben, ist bei der weiblichen Kundschaft zwar eine vorherrschende Leidenschaft; Sie dagegen können es sich nicht leisten, derartige Vorteile in einem Ausmaß zu bieten, daß sie auch wirksam sind. Warum wenden Sie sich nicht an einen anderen Instinkt, der nicht nur die weibliche, sondern genauso die männliche Kundschaft – und genaugenommen sogar die ganze menschliche Rasse – beherrscht?»

«Und welchen Instinkt meinen Sie, Sir?» fragte der Lebensmittelkaufmann.

Mrs. Greyes und Miss Fritten hatten den Zug, der um 2.18 nach London abfuhr, verpaßt; und da der nächste erst um 3.12 fuhr, waren sie der Ansicht, sie könnten die Lebensmittel eigentlich auch bei Scarrick einkaufen. Sensationell würde es zwar nicht sein, wie sie annahmen, aber immerhin war es ein Einkauf.

Einige Minuten lang gehörte der Laden ihnen beinahe allein, soweit es sich um Kundschaft handelte; während sie sich jedoch über die Vorzüge und die Nachteile jener beiden Anchovispasten unterhielten, die von verschiedenen Firmen hergestellt wurden, hörten sie verwundert eine Bestellung, die am Ladentisch aufgegeben wurde und bei der es um sechs Granatäpfel sowie ein Paket Wachtelfutter ging. Keiner der beiden Artikel war hierorts bisher üblich. Gleichermaßen ungewöhnlich waren die Art und das Äußere des Kunden: etwa sechzehn Jahre alt, mit auffallend dunklem Teint, großen dunklen Augen und dichtem, lang herabfallendem blauschwarzem Haar, hätte er sich seinen Lebensunterhalt leicht als Malermodell verdienen können. Tatsächlich war dies auch der Fall. Die Schale aus gehämmertem Messing, die er hinstellte, um seine Einkäufe in Empfang zu nehmen, war deutlich erkennbar die erstaunlichste Variation jenes Einkaufsnetzes oder Einkaufskorbes vorstädtischer Zivilisation, die die übrige Kundschaft jemals erblickt hatte. Er warf ein Goldstück einer offenbar fremdländischen Währung auf den Ladentisch und schien nicht bereit, auf die Herausgabe des Wechselgeldes zu warten.

«Der Wein und die Feigen von gestern waren nicht bezahlt», sagte er. «Schreiben Sie den überschüssigen Betrag für spätere Einkäufe gut.»

«Ein sehr seltsam aussehender Junge?» sagte Mrs. Greyes in fragendem Ton zu dem Kaufmann, sobald der Kunde gegangen war.
«Meiner Ansicht nach ein Ausländer», sagte Mr. Scarrick kurz angebunden, was seiner sonstigen verbindlichen Art vollständig widersprach.
«Ich möchte eineinhalb Pfund des besten Kaffees, den Sie haben», sagte eine herrische Stimme wenige Augenblicke später. Der Sprecher war ein großer, herrisch wirkender Mann von ziemlich ausländischem Aussehen; und bemerkenswert an ihm war unter anderem ein voller schwarzer Bart, wie er etwa im frühen Assyrien, weniger jedoch in einer Londoner Vorstadt unserer Zeit modern gewesen sein mochte.
«Hat vielleicht ein Junge mit einem dunkelhäutigen Gesicht hier Granatäpfel gekauft?» fragte er plötzlich, als der Kaffee gerade abgewogen wurde.
Die beiden Damen schraken förmlich zusammen, als sie vernahmen, wie der Kaufmann diese Frage schamlos verneinte.
«Wir haben zwar ein paar Granatäpfel auf Lager», fuhr er fort, «aber sie werden nur ganz selten verlangt.»
«Mein Diener wird den Kaffee wie bisher abholen», sagte der Kunde und nahm eine Münze aus einer wunderschönen, aus Metall gearbeiteten Geldbörse. Als offensichtlichen Hintergedanken schoß er die Frage ab: «Haben Sie vielleicht Wachtelfutter?»
«Nein», sagte der Kaufmann, ohne zu zögern, «Wachtelfutter haben wir leider nicht vorrätig.»

‹Was wird er als nächstes abstreiten?› fragte sich Mrs. Greyes. Was die ganze Angelegenheit noch erheblich schlimmer zu machen schien, war die Tatsache, daß Mr. Scarrick erst kürzlich einem Vortrag über Savonarola präsidiert hatte.
Nachdem er den hohen Astrachankragen seines langen Mantels hochgeschlagen hatte, rauschte der Fremde aus dem Laden; wie Miss Fritten es später schilderte, hatte er dabei die Art eines Satrapen, der einen Sanhedrin vertagt. Ob eine derart erfreuliche Aufgabe jemals in den Bereich eines Satrapen fiel, ist zwar nicht ganz gewiß, aber das Gleichnis drückte ihre Ansicht so deutlich aus, daß auch ein größerer Kreis von Bekannten sie verstand.
«Ich finde, wir lassen den Zug um 3.12 sausen», sagte Mrs. Greyes, «und gehen statt dessen zu Laura Lipping, wo wir in Ruhe darüber sprechen können. Sie ist heute an der Reihe.»
Als der Junge mit dem dunkelhäutigen Gesicht am folgenden Tag mit seiner messingnen Einkaufsschale im Laden auftauchte, befand sich dort bereits eine beachtliche Zahl von Kundinnen, von denen die meisten ihre Besorgungen in der Art von Menschen ausdehnten, die mit ihrer Zeit kaum etwas anzufangen wissen. Mit einer Stimme, die im ganzen Laden deutlich zu verstehen war – vielleicht lag der Grund auch darin, daß alle gespannt zuhörten –, verlangte der Junge ein Pfund Honig und ein Paket Wachtelfutter.
«Schon wieder Wachtelfutter!» sagte Miss Fritten. «Entweder sind Wachteln maßlos gefräßig – oder es ist gar kein Wachtelfutter.»

«Meiner Ansicht nach geht es um Opium, und der Bärtige ist ein Kriminalist», sagte Mrs. Greyes mit glänzender Logik.

«Das glaube ich nicht», sagte Laura Lipping. «Ich bin überzeugt, daß es irgendwie mit dem portugiesischen Thron zu tun hat.»

«Wahrscheinlicher ist, daß es sich um eine persische Verschwörung zugunsten des Ex-Schahs handelt», sagte Miss Fritten, «und der Bärtige gehört zur Partei der Regierung. Das Wachtelfutter ist natürlich nur ein Kennwort: Persien liegt fast direkt neben Palästina, und wie Sie wissen, kommen Wachteln bereits im Alten Testament vor.»

«Aber nur als Wunder», sagte ihre gutinformierte jüngere Schwester. «Und ich habe immer geglaubt, sie gehörten zu einer Liebesintrige.»

Der Knabe, auf den sich so viel Interesse und so viele Vermutungen richteten, befand sich nahezu im Begriff, mit seinen Einkäufen den Laden zu verlassen, als er von Jimmy, dem Neffen und Lehrling, aufgehalten wurde, der von seinem Platz hinter Käse und Schinken einen ziemlich umfassenden Ausblick auf die Straße hatte.

«Wir haben noch sehr schöne Jaffa-Apfelsinen», sagte er sehr unvermittelt und deutete auf einen Winkel, in dem sie – hinter einer Mauer aus Keksbüchsen – aufgestapelt waren. Offenbar steckte in dieser Bemerkung mehr, als das Ohr heraushören konnte. Mit der Begeisterung eines Frettchens, das nach einem langen Tag fruchtloser unterirdischer Bemühungen feststellt, daß sich eine ganze Kaninchenfamilie zu Hause aufhält, stürzte der Knabe sich auf die Orangen. Fast im gleichen Augenblick betrat der bärtige Fremde den Laden, näherte sich dem Ladentisch und gab mit knappen Worten eine Bestellung über ein Pfund Datteln sowie eine Dose des besten smyrnäischen Halva auf. Selbst die unternehmungslustigen Hausfrauen dieser Gegend hatten noch nie etwas von Halva gehört; Mr. Scarrick dagegen war sichtlich in der Lage, die beste smyrnäische Sorte dieses Erzeugnisses ohne jedes Zögern auf den Tisch zu legen.

«Als lebten wir in *Tausendundeiner Nacht*», sagte Miss Fritten aufgeregt.

«Pst! Hör doch zu!» flehte Mrs. Greyes.

«Hat der Junge mit dem dunkelhäutigen Gesicht, den ich gestern bereits erwähnte, sich heute blicken lassen?» fragte der Fremde.

«Wir haben heute zwar mehr Kundschaft im Laden als sonst», sagte Mr. Scarrick, «aber an einen Jungen, wie Sie ihn beschreiben, kann ich mich leider nicht erinnern.»

Triumphierend sahen Mrs. Greyes und Miss Fritten sich nach ihren Freundinnen um. Natürlich war es bedauerlich, daß es Menschen gab, die mit der Wahrheit wie mit einem vorübergehend und leider vergriffenen Artikel umgingen; aber dennoch waren sie dankbar, daß ihre lebhaften Schilderungen von Mr. Scarricks Umgang mit Lügen aus erster Hand bekräftigt wurden.

«Nie und nimmer mehr werde ich ihm glauben, wenn er mir erzählt, daß die Marmelade vollständig ungefärbt sei», flüsterte eine Tante von Mrs. Greyes tragisch.

Der geheimnisvolle Fremde nahm Abschied; Laura Lipping vernahm deutlich ein Knurren unterdrückter Wut, das aus dem dichten Bart und dem hochgeschlagenen Astrachankragen drang. Nach einer vorsichtigen Pause tauchte der Apfelsinensucher wieder hinter den Keksbüchsen auf; offenbar hatte er keine Orange gefunden, die seinen Bedürfnissen entsprochen hätte. Auch er nahm jetzt seinen Abschied, und langsam leerte sich der Laden von Kundinnen, die mit Einkäufen und Tratsch beladen waren. An diesem Tag traf man sich regelmäßig bei Emily Yorling, und die meisten Kundinnen machten sich unverzüglich auf den Weg zu ihrem Wohnzimmer. Wenn man sich vom Einkaufen unmittelbar zum Tee bei einer Bekannten begab, fiel dies in diesem Vorort unter den Begriff, ‹in einem einzigen Trubel zu leben›.
Zwei zusätzliche Gehilfen waren für den folgenden Nachmittag angestellt worden, und ihre Dienste wurden auch unaufhörlich beansprucht; der Laden war gedrängt voll. Die Leute kauften und kauften, und keiner schien mit seinem Besorgungszettel zu Rande zu kommen. Noch nie hatte Mr. Scarrick seine Kundschaft mit so geringen Schwierigkeiten überreden können, auch bisher kaum gefragte Waren auszuprobieren. Selbst jene Frauen, deren Einkäufe sich im kleinsten Rahmen bewegten, trödelten dabei, als erwartete sie zu Hause ein brutaler und betrunkener Ehegatte. Der Nachmittag hatte sich ereignislos dahingeschleppt, und so erhob sich ein deutliches Raunen aufgestauter Erregung, als ein Knabe mit dunkelhäutigem Gesicht den Laden

betrat, in der Hand eine Messingschale. Die Erregung schien sich sogar Mr. Scarrick mitgeteilt zu haben; unvermittelt ließ er eine Dame einfach stehen, die sich in unaufrichtiger Weise nach den Lebensgewohnheiten der Bombay-Enten erkundigt hatte, fing den gerade Eingetroffenen auf dem Weg zum gewohnten Ladentisch ab und teilte ihm – umgeben von einer leichenhausähnlichen Stille – mit, daß das Wachtelfutter ausgegangen wäre.
Nervös sah der Knabe sich im Laden um, und zögernd schien er das Geschäft verlassen zu wollen. Aber wieder wurde er aufgehalten, diesmal jedoch vom Neffen, der hinter seinem Teil des Ladentisches hervorschoß und irgend etwas über besonders vorteilhafte Orangen sagte. Das Zögern des Knaben verschwand; beinahe wühlte er sich in die Geborgenheit der Apfelsinenecke. Völlig unerwartet wandte sich die allgemeine Aufmerksamkeit der Tür zu, und der große bärtige Fremde hatte einen wirklich wirkungsvollen Auftritt. Später erklärte die Tante von Mrs. Greyes, sie hätte plötzlich gemerkt, wie sie völlig unbewußt immer wieder vor sich hingemurmelt hätte: «Der Assyrer stieß wie ein Wolf auf die Herde hinunter.» Und das wurde ihr ganz allgemein auch geglaubt.
Der gerade Hereingekommene wurde ebenfalls angehalten, bevor er den Ladentisch erreicht hatte, aber weder von Mr. Scarrick noch von dessen Neffen. Eine dichtverschleierte Dame, die bisher niemandem aufgefallen war, erhob sich schwankend von einem Hocker und begrüßte ihn mit klarer, durchdringender Stimme.

«Exzellenz kaufen persönlich ein?» sagte sie.
«Ich bestelle die Sachen nur», erklärte die Exzellenz. «Es macht mir Schwierigkeiten, mich meinen Dienern gegenüber verständlich auszudrücken.»
Mit gedämpfterer, aber immer noch deutlich zu verstehender Stimme ließ ihm die verschleierte Dame eine belanglose Information zuteil werden.
«Es gibt hier wirklich ausgezeichnete Jaffa-Orangen.» Und mit einem klirrenden Auflachen verschwand sie aus dem Laden.
Mit aufmerksamem Blick sah der Mann sich im Laden um, und nachdem er instinktiv die Mauer der Keksbüchsen ins Auge gefaßt hatte, verlangte er mit lauter Stimme: «Haben Sie vielleicht ein paar gute Jaffa-Orangen?»
Jeder erwartete, daß Mr. Scarrick den Besitz derartiger Dinge im gleichen Augenblick ableugnen würde. Bevor dieser jedoch überhaupt antworten konnte, war der Knabe aus seinem Zufluchtsort hervorgebrochen. Die Messingschale schützend vorgehalten, verschwand er auf der Straße. Den verschiedenen Beschreibungen nach entsprach sein Gesichtsausdruck dabei einer einstudierten Gleichgültigkeit, von gespenstischer Blässe überzogen oder lodernd vor Herausforderung. Einige behaupteten, seine Zähne hätten geklappert, während er nach Ansicht anderer beim Verschwinden die persische Nationalhymne gepfiffen hatte. Eines war jedoch nicht zu übersehen: die Wirkung auf den am Ladentisch stehenden Mann, der dies alles ausgelöst hatte. Wenn ein tollwütiger Hund oder eine Klapperschlange sich ihm plötzlich als Begleiter

aufgedrängt hätte, würde er wohl kaum Anzeichen größeren Entsetzens gezeigt haben. Seine herrische und nachdrückliche Haltung war verschwunden; sein anmaßender Schritt war einem lauernden Gang gewichen, mit dem er innerhalb des Ladens hin und her lief – ähnlich einem Tier, das fliehen will und nach einem Ausweg sucht. Wie betäubt und beinahe mechanisch, mit den Augen ständig den Eingang beobachtend, gab er irgendwelche Bestellungen auf, die der Lebensmittelkaufmann umständlich und in auffallender Weise notierte. Hin und wieder trat der Mann auf die Straße hinaus, blickte besorgt in alle Richtungen und eilte dann zurück, um weiterhin so zu tun, als machte er Besorgungen. Von einem dieser Ausflüge kehrte er dann nicht mehr zurück; er war in der Dämmerung untergetaucht, und weder wurde er noch der Knabe mit dem dunkelhäutigen Gesicht noch die verschleierte Dame jemals von der erwartungsvollen Menge wiedergesehen, die sich während der folgenden Tage im Geschäft des Mr. Scarrick drängte.

«Ich werde Ihnen und Ihrer Schwester meinen Dank nie genügend ausdrücken können», sagte der Lebensmittelkaufmann.

«Die Geschichte hat uns selbst viel Spaß gemacht», sagte der Künstler bescheiden, «und für das Modell bedeutete es eine willkommene Abwechslung davon, stundenlang für den *verlorenen Hylas* posieren zu müssen.»

«Jedenfalls», sagte der Lebensmittelkaufmann, «bestehe ich darauf, die Kosten für den geliehenen schwarzen Bart zu bezahlen.»

Die offene Tür

«Meine Tante wird gleich kommen, Mr. Nuttel», sagte eine sehr selbstbewußte junge Dame von fünfzehn Jahren. «Bis dahin müssen Sie schon mit mir vorliebnehmen.»

Framton Nuttel war bemüht, etwas Passendes zu sagen. Einerseits sollte es der anwesenden Nichte gebührend schmeicheln, andererseits durfte es jedoch die in Aussicht gestellte Tante nicht ungebührlich übergehen. Jedenfalls verstärkten sich seine Zweifel, ob diese förmlichen Besuche bei einer Reihe ihm vollkommen fremder Menschen der nervlichen Ausspannung, die er für dringend notwendig hielt, dienlich sein würden.

«Ich kann dir jetzt schon sagen, wie die Geschichte ausgehen wird», hatte seine Schwester gesagt, als er seine Reise in diese ländliche Abgeschiedenheit vorbereitete. «Du wirst dich dort verkriechen, mit keinem Menschen reden – und schließlich werden deine Nerven durch die Eintönigkeit noch gereizter sein als vorher. Ich gebe dir lieber einige Briefe an die Menschen mit, die ich damals kennenlernte. Soweit ich mich erinnere, waren einige ganz nett.»

Framton überlegte nun, ob Mrs. Sappleton – jene Dame, der er jetzt einen dieser Empfehlungsbriefe überreichen wollte – zu den Netten gehörte.

«Sind Sie hier mit vielen Leuten bekannt?» fragte die Nichte, denn sie war der Ansicht, daß sie sich lange genug gegenübergesessen hätten, ohne ein Wort zu sagen.

«Mit keiner Menschenseele», sagte Framton. «Meine Schwester wohnte vor vier Jahren im Pfarrhaus und gab mir einige Briefe an ihre Bekannten mit.»

Ein hörbares Bedauern schwang in dieser letzten Feststellung mit.

«Dann werden Sie wohl auch kaum etwas über meine arme Tante wissen?» fuhr die selbstbewußte junge Dame beiläufig fort.

«Ich kenne nur ihren Namen und ihre Adresse», gab der Besucher zu. Dabei versuchte er zu ergründen, ob Mrs. Sappleton verheiratet oder verwitwet wäre. Die Atmosphäre dieses Raumes schien irgendwie auf gewisse männliche Gewohnheiten hinzudeuten.

«Die große Tragödie, die meine Tante erlebte, liegt jetzt schon drei Jahre zurück», sagte das Kind. «Ihre Schwester war wohl zu jener Zeit nicht mehr hier.»

«Die Tragödie?» fragte Framton. Er hatte das Gefühl, daß Tragödien eigentlich gar nicht zu diesem ländlichen Ort paßten.

«Vielleicht haben Sie sich schon gewundert, daß die Terrassentür selbst an einem Oktobertag noch so weit offensteht», sagte die Nichte und deutete auf die breite Tür, die in den Garten hinausführte.
«Ich finde, daß es für diese Jahreszeit noch recht warm ist», sagte Framton. «Oder hat die Tür etwas mit der Tragödie zu tun?»
«Durch diese Tür verließ – heute genau vor drei Jahren – der Mann meiner Tante mit ihren beiden jüngeren Brüdern das Haus, um wie üblich auf die Jagd zu gehen. Sie kehrten nie mehr zurück. Als sie zu der Stelle am Moor gehen wollten, die für die Schnepfenjagd am günstigsten ist, und dabei das Moor überquerten, versanken sie im Sumpf. Vielleicht erinnern Sie sich noch an jenen schrecklich verregneten Sommer; und durch die große Feuchtigkeit gaben einzelne, sonst absolut sichere Stellen im Moor plötzlich unter den Füßen nach, ohne daß man es ihnen ansehen konnte. Ihre Leichen wurden nie gefunden – das war das Schrecklichste.» Bei diesen Worten verlor die Stimme des Mädchens ihre Selbstsicherheit und bebte vor Grauen. «Meine arme Tante glaubt immer noch ganz fest, daß sie eines Tages doch zurückkommen werden, – die drei Männer und der kleine braune Spaniel, der mit ihnen verschwand – und daß sie dann wie immer durch diese Tür hereinkommen. Deshalb bleibt die Tür – Abend für Abend – weit offen. Die arme Tante; wie oft hat sie mir dies erzählt. Ihr Mann trug einen weißen Regenmantel über dem Arm, und Ronnie, ihr jüngster Bruder, sang noch laut: *Aber Bertie, warum hüpfst du so?*

Damit wollte er sie immer ärgern, weil sie einmal gesagt hatte, daß ihr dieses Lied auf die Nerven fiele. Wissen Sie: Manchmal – an ruhigen, stillen Abenden wie diesem – überkommt mich das fröstelnde Gefühl, daß die Männer eines Tages doch noch durch die Tür hereinkommen ...»

Ein Schauder schien sie bei den letzten Worten zu überlaufen. Framton war erleichtert, als die Tante in diesem Augenblick geräuschvoll und mit einem Schwall von Entschuldigungen für ihr spätes Erscheinen das Zimmer betrat.

«Vera hat Sie inzwischen gut unterhalten, hoffe ich», sagte sie.

«Es war sehr interessant», sagte Framton.

«Die offene Tür stört sie hoffentlich nicht», sagte Mrs. Sappleton lebhaft. «Mein Mann und meine Brüder müssen nämlich jeden Augenblick von der Jagd zurückkommen – sie wollten im Moor Schnepfen schießen. Meine armen Teppiche werden wieder schön schmutzig werden. Aber so sind die Männer nun einmal, oder nicht?»

Vergnügt plauderte sie über die Jagd, über die immer seltener werdenden Schnepfen und über die Aussichten für die Entenjagd im Winter. Für Framton war es einfach entsetzlich. Er machte einen verzweifelten, wenn auch nur zum Teil erfolgreichen Versuch, das Gespräch auf ein weniger gespenstisches Thema zu bringen; dabei merkte er jedoch, daß seine Gastgeberin ihm nur einen Bruchteil ihrer Aufmerksamkeit schenkte, während ihre Augen immer wieder an ihm vorüber zur Tür und zu dem dahinter liegenden Rasen wanderten. Es war wirklich ein unglücklicher Zufall, daß sein Besuch mit diesem tragischen Jahrestag zusammenfiel.

«Die Ärzte sind sich darin einig, daß ich restlose Ruhe brauche und jede seelische Aufregung oder körperliche Anstrengung vermeiden muß», verkündete Framton. Auch er litt unter der weitverbreiteten Vorstellung, daß sich ein ihm vollkommen Fremder oder zufälliger Bekannter für die letzten Einzelheiten seiner Leiden und Beschwerden sowie ihre Ursachen und Behandlungsmöglichkeiten interessierte. «In der Frage der Ernährung sind sie allerdings nicht der gleichen Ansicht», fuhr er fort.

«Ach!» sagte Mrs. Sappleton in einem Ton, der noch im letzten Augenblick ein Gähnen unterdrückt hatte. Plötzlich strahlte sie jedoch auf und zeigte lebhaftes Interesse – aber nicht für das, was Framton erzählte.

«Da kommen Sie!» rief sie, «gerade rechtzeitig zum Tee; aber aussehen tun sie, als hätten sie bis zu den Ohren im Sumpf gesteckt!»

Framton überlief ein Frösteln. Mit einem Blick, der sein mitfühlendes Verständnis ausdrücken sollte, wandte er sich der Nichte zu. Aber auch das Mädchen starrte mit entsetzten Augen durch die weitoffene Tür. Von namenloser Angst gepackt, drehte Framton sich in seinem Sessel um und sah ebenfalls in die gleiche Richtung.

Durch die zwielichtige Dämmerung kamen drei Männer über den Rasen und direkt auf die Tür zu. Jeder der drei hatte eine Flinte unter dem Arm; der eine hatte sich außerdem noch einen weißen Regenmantel umgehängt, und dicht hinter ihnen trottete ein müder brauner Spaniel. Lautlos kamen sie näher – und dann sang eine junge rauhe Stimme durch die Dämmerung: *Was ist denn, Bertie, warum hüpfst du so?*

Blitzschnell griff Framton nach Stock und Hut; Haustür, Kiesweg und Gartentür waren kaum bemerkte Stationen seines überstürzten Rückzuges. Ein Radfahrer, der gerade die Straße entlangkam, mußte sein Gefährt in die Hecke lenken, um dem drohenden Zusammenprall zu entgehen.

«Da wären wir wieder», sagte der Mann, der den weißen Mantel umgehängt hatte, und kam durch die Tür. «Ein bißchen dreckig zwar, aber das meiste ist schon trocken. Wer ist denn da eben rausgerannt, als wir kamen?»

«Das war ein sehr merkwürdiger Mensch – ein Mr. Nuttel», sagte Mrs. Sappleton. «Die ganze Zeit über sprach er nur von seiner Krankheit, und als ihr kamt, rannte er einfach aus dem Zimmer – ohne ein Wort des Abschieds und der Entschuldigung. Man konnte fast glauben, ihm wäre plötzlich ein Gespenst erschienen.»

«Ich glaube eher, daß es der Spaniel war», sagte das Mädchen schlicht. «Er erzählte mir nämlich, daß er vor Hunden entsetzliche Angst hätte. Irgendwo in der Nähe des Ganges ist er einmal von einem Rudel verwilderter Hunde auf einen Friedhof gejagt worden; und eine ganze Nacht lang mußte er in einem frisch ausgehobenen Grab hocken, während die Bestien knurrend und zähnefletschend über ihm standen und ihr Geifer auf ihn heruntertropfte. Ich kann mir schon vorstellen, daß man dabei die Nerven verliert.»

Die junge Dame hatte das ungewöhnliche Talent, aus einer kurzen Bemerkung einen ganzen Roman zu machen.

Sredni Vashtar

Conradin war zehn Jahre alt, und der Arzt hatte die Diagnose gestellt, daß der Junge keine fünf Jahre mehr zu leben habe. Obwohl der Arzt einen schlappen und verbrauchten Eindruck machte, hatte Mrs. De Ropp, die sich für alles zuständig hielt, seine Ansicht geteilt. Mrs. De Ropp war Conradins Kusine und gleichzeitig sein Vormund; und in seinen Augen verkörperte sie jene drei Fünftel dieser Welt, die notwendig, unangenehm und Wirklichkeit sind. Die restlichen zwei Fünftel, die mit den anderen in einem fortwährenden Widerstreit lagen, bestanden aus ihm selbst und aus seiner Phantasie. Conradin war überzeugt, dem ständigen Druck lästiger Notwendigkeiten eines schönen Tages erliegen zu müssen – zum Beispiel den Krankheiten, den zimperlichen Verboten und der ewigen Langeweile. Ohne seine Phantasie, die durch seine Einsamkeit zügellos geworden war, wäre er ihnen schon lange unterlegen. Auch bei größter Aufrichtigkeit hätte Mrs. De Ropp selbst in einer schwachen Stunde nicht zugegeben, daß sie Conradin nicht leiden konnte, obgleich sie manchmal vielleicht selbst spürte, daß das Vereiteln seiner Wünsche und Pläne «um seinetwillen» keine besonders bedrükkende Pflicht für sie war. Conradin dagegen haßte sie mit einer verzweifelten Aufrichtigkeit, die er jedoch restlos verbergen konnte. Jene wenigen Freuden, die er sich selbst ausdachte, wurden besonders gewürzt durch die Wahrscheinlichkeit, daß sie seinem Vormund alles andere als gefielen und daß wenigstens das Gebiet seiner Phantasie vor Mrs. De Ropp verschlossen war. Sie war ein unreiner Mensch, der niemals Einlaß finden würde.

Der Garten – der von verschiedenen Fenstern aus zu überblicken war, so daß sie nur eines zu öffnen brauchte, um ihm dies oder das zu verbieten oder ihn an eine Medizin zu erinnern, die sofort eingenommen werden müßte – dieser Garten war trostlos und ohne jeden Reiz für ihn. Die wenigen Obstbäume hatte man außerhalb seiner Reichweite angepflanzt, als seien es seltene Exemplare, die auch in der ödesten Dürre blühten und Früchte trügen. Vermutlich hätte sich kein Obsthändler bereit gefunden, auch nur zehn Shillinge für die Jahresernte aller Bäume zusammen zu bezahlen. In einem versteckten Winkel, von verwilderten Sträuchern fast vollständig verborgen, stand jedoch ein unbenutzter Schuppen von beträchtlichen Ausmaßen, und hier hatte Conradin einen Zufluchtsort gefunden, der für ihn Spielzimmer und Kathedrale in einem war. Er hatte ihn mit unzähligen vertrauten Geistern angefüllt, die zu einem Teil aus Bruchstücken der Historie, zum anderen Teil jedoch aus seiner Phantasie stammten. Hinzu kamen außerdem noch zwei Bewohner aus Fleisch und Blut: In der einen Ecke war eine Henne untergebracht, die aussah, als habe man sie bereits gerupft, und an der Conradin mit einer Zuneigung hing, die sonst kein Ziel hatte; weiter im Hintergrund des halbdunklen Raumes stand noch eine große, unterteilte Kiste, die mit einem eisernen Gitter versperrt war. In dieser Kiste wohnte ein großes Frettchen, das ein gutmütiger Schlächterjunge samt Käfig und allem anderen hereingeschmuggelt hatte – im Tausch gegen einen lange gehüteten Silberschatz. Conradin hatte vor dem kleinen Raubtier zwar entsetzliche Angst, aber trotzdem war es sein kostbarster Besitz. Schon die Anwesenheit des Frettchens in dieser vergitterten Kiste war eine geheime und verstohlene Freude, von der die «Frau» – wie er seine Kusine für sich betitelte – nie etwas merken durfte. Und eines Tages fiel ihm, wie aus heiterem Himmel, ein wunderbarer Name ein, und von diesem Augenblick an war das Tier zu einem Gott und zu einem Glauben geworden. Die «Frau» ging einmal in der Woche in die nahe gelegene Kirche, um ihren Glauben auszuüben, und nahm Conradin immer mit; aber für ihn war der Gottesdienst ein fremdartiger Ritus in einem Götzentempel. Dafür verharrte er jeden Donnerstag in der dunklen, modrigen Stille des Schuppens und betete in einer mystischen, genau festgelegten Zeremonie vor der

Holzkiste, in der Sredni Vashtar, das große Frettchen, hauste. Rote Blumen im Sommer und Vogelbeeren im Winter wurden vor diesem Schrein geopfert, denn Sredni Vashtar war ein Gott, der besonderen Wert auf Grausamkeiten legte – im Gegensatz zu der Religion der «Frau», die sich Conradins Ansicht nach weitgehend in andere Richtungen bewegte. Bei besonders großen, festlichen Ereignissen wurde geriebene Muskatnuß vor die Kiste gestreut, und ein wesentlicher Zug dieses Opfers bestand darin, daß die Muskatnuß gestohlen sein mußte. Diese festlichen Ereignisse traten in unregelmäßigen Abständen auf und dienten dazu, irgendein vergangenes Ereignis zu feiern. Einmal – als Mrs. De Ropp drei Tage lang an heftigen Zahnschmerzen litt – hatte Conradin diese Feierlichkeit die ganzen drei Tage hindurch abgehalten, und fast war er davon überzeugt gewesen, daß Sredni Vashtar persönlich die Zahnschmerzen verursacht hatte. Hätte die Erkrankung jedoch nur einen Tag länger gedauert, wäre der Vorrat an Muskatnüssen erschöpft gewesen.
Die Henne wurde jedoch nie in den Kult um Sredni Vashtar einbezogen. Schon vor langer Zeit hatte Conradin beschlossen, daß sie ein Wiedertäufer sei. Er hatte zwar nicht die geringste Ahnung, was ein Wiedertäufer sein könnte, aber im stillen hoffte er, daß es etwas Mutiges und nicht sehr Anständiges sei. Mrs. De Ropp aber war in seinen Augen der Fels des Anstands, und daher verabscheute er sie auch.
Nach einiger Zeit fiel Conradins Vormund auf, daß der Junge auffallend oft im Schuppen beschäftigt

war. Es tut ihm nicht gut, dort bei jedem Wind und Wetter herumzulungern, entschied sie sofort, und eines Morgens verkündete sie beim Frühstück, daß die Henne über Nacht weggebracht und verkauft würde. Mit ihren kurzsichtigen Augen sah sie Conradin dabei an und wartete auf einen wütenden oder zumindest ängstlichen Ausbruch, dem sie dann sofort mit einer Flut neuer Vorschriften und Begründungen begegnen wollte. Aber Conradin schwieg: Er hatte nichts dazu zu sagen. Vielleicht hatte die Blässe seines Gesichtes sie etwas unruhig gemacht – jedenfalls gab es zum Nachmittagstee Toast, eine Delikatesse, die sie seinetwillen sonst in Grund und Boden verdammte, weil sie ihm schadete. Das Toasten «verursacht außerdem Unruhe», und das war in den Augen dieser Frau eine Todsünde.
«Ich hatte gedacht, du äßest gern Toast», sagte sie betont und mit beleidigter Miene, als sie merkte, daß er nichts anrührte.
«Nur manchmal», erwiderte Conradin.
Am gleichen Abend noch wurde bei der Anbetung des Kistengottes eine Neuerung eingeführt. Bisher hatte Conradin immer nur Loblieder gesungen; jetzt bat er um etwas.
«Du mußt das eine für mich tun, Sredni Vashtar!»
Was es war, wurde nicht ausgesprochen. Da Sredni Vashtar jedoch ein Gott war, konnte man annehmen, daß er es auch so wüßte. Und als Conradin zur anderen, jetzt leeren Ecke hinüberblickte und dabei ein Schluchzen unterdrücken mußte, fand er wieder in jene Welt zurück, die er so haßte.

Nacht für Nacht, in der vollkommenen Finsternis seines Schlafzimmers, und Abend für Abend, im Halbdunkel des Schuppens, betete Conradin: «Du mußt das eine für mich tun, Sredni Vashtar!»
Mrs. De Ropp merkte, daß seine Besuche im Schuppen nicht aufgehört hatten; und eines Tages ging sie noch einmal hinüber, um selbst genau nachzusehen.
«Was hältst du in dem Schuppen versteckt, den du jetzt auch noch abgeschlossen hast?» fragte sie später. «Ich glaube beinahe, daß es Meerschweinchen sind. Aber ich werde schon dafür sorgen, daß sie wegkommen – alle!»
Conradin preßte die Lippen fest aufeinander; die «Frau» durchsuchte jedoch sein Schlafzimmer, bis sie den sorgfältig versteckten Schlüssel fand, und marschierte dann zum Schuppen, um auch ihn gründlich zu durchsuchen. Es war ein kalter Nachmittag, und Conradin war aufgetragen worden, im Hause zu bleiben. Von dem einen Fenster des Speisezimmers aus konnte er – an den Sträuchern vorbei – gerade noch die Tür des Schuppens sehen. Die Frau ging gerade in den Schuppen hinein, und dann stellte er sich vor, wie sie die Tür der heiligen Kiste öffnete und mit ihren kurzsichtigen Augen in das Stroh starrte, in dem sein Gott verborgen war; vielleicht würde sie in ihrer dummen Ungeduld sogar mit den Händen hineingreifen. Und zum letztenmal sprach Conradin seine große Bitte aus – aber im Grunde glaubte er selbst nicht, daß sie erfüllt würde. Er wußte genau, daß die Frau gleich mit ihrem schmollenden Lächeln wieder heraus-

kommen würde, das er nicht leiden konnte, und daß kurze Zeit später der Gärtner seinen wunderbaren Gott wegkarren würde – der dann kein Gott mehr, sondern nur noch ein einfaches braunes Frettchen in einer Kiste sein würde. Und er wußte auch, daß die «Frau» bei jeder Gelegenheit genauso triumphieren würde wie heute und daß er unter ihrer entsetzlichen, bedrückenden und überlegenen Klugkeit immer kränker werden würde, bis der Tag käme, an dem ihm nichts mehr wichtig war und der Arzt recht behalten hätte. In diesem Schmerz über seine Niederlage fing er an, das Loblied seines gefährdeten Idols laut und herausfordernd zu singen:

Sredni Vashtar, Gott der Schlachten, ging zum Kämpfen fort;
Seine Gedanken waren blutrote Gedanken, und seine Zähne waren weiß,
seine Feinde flehten um Gnade, er aber brachte den Tod –
Sredni Vashtar, der Allerschönste!

Plötzlich verstummte er, und er trat noch näher an das Fenster. Die Schuppentür stand immer noch genauso weit offen wie vorher, und langsam verstrichen die Minuten. Es waren sehr lange Minuten – aber trotzdem vergingen sie. Er sah die Stare, die in kleinen Gruppen über den Rasen spazierten und hin und wieder kurz aufflogen; er zählte sie immer wieder und ließ doch die Schuppentür nicht aus den Augen. Mit verdrossenem Gesicht kam eines der Mädchen in das Speisezimmer, um den Teetisch zu decken, und immer noch stand Conradin am Fenster und starrte hinaus. Ganz langsam schlich sich Hoffnung in sein Herz, und dann leuchteten auf einmal seine Augen triumphierend auf – diese Augen, an denen man bisher nur die sehnsuchtsvolle Geduld des Unterlegenen kannte. Ganz leise sang er das Lied von Sieg und Tod vor sich hin. Schließlich wurde seine Ausdauer belohnt: Durch die offene Schuppentür kam ein langes, niedriges, gelbbraunes Raubtier, das in das verdämmernde Tageslicht blinzelte; das Fell an Kopf und Brust zeigte dunkle, feuchte Flecken. Conradin sank in die Knie. Das große Frettchen aber glitt zu dem kleinen Bach am Ende des Gartens, trank, überquerte den Bach dann über den kleinen Holzsteg und verschwand zwischen den Büschen. Damit war Sredni Vashtar fort.

«Der Tee ist fertig», sagte das Mädchen mit dem verdrossenen Gesicht. «Wo ist die gnädige Frau?»

«Sie ist vorhin zum Schuppen gegangen», antwortete Conradin.

Und als das Mädchen hinausgegangen war, um ihrer Herrin Bescheid zu sagen, holte Conradin den Toaströster aus dem Büfett und fing an, eine Scheibe Brot zu rösten. Dann bestrich er sie dick mit Butter und biß herzhaft hinein; dabei lauschte er jedoch auch auf den schnellen Wechsel von Unruhe und Stille jenseits der geschlossenen Tür: Das laute, dumme Schreien des Mädchens, das Durcheinander von erstaunten Ausrufen aus der Küche, das schnelle Laufen und dann im Garten der Hilferuf, und ganz zuletzt das entsetzte Schluchzen und die schleppenden Schritte, mit denen eine schwere Last ins Haus gebracht wurde.

«Und wer sagt es dem armen Kind? Ich kann es nicht – um nichts auf der Welt kann ich es!» rief eine schrille Stimme. Während sie sich draußen immer noch darüber stritten, bestrich Conradin den zweiten Toast mit Butter.

Die Aufschneider

In London war es Herbst geworden – jene gesegnete Zeit, die zwischen der Rauheit des Winters und den Heucheleien des Sommers lag: jene erwartungsvolle Zeit, in der man Glühbirnen einkauft und darauf achtet, daß man in der Wählerliste eingetragen ist, weil man fortwährend an den Frühling denkt und an einen Regierungswechsel glaubt.

Morton Crosby saß auf einer Bank, die in einem kaum besuchten Winkel des Hyde Park stand, genoß in Muße seine Zigarette und beobachtete ein Schneegänsepaar, das langsam und Gras rupfend dahinwanderte; der Ganter wirkte beinahe wie die weißgebleichte Ausgabe der rotbraunen Gans. Aus den Augenwinkeln beobachtete er mit gewissem Interesse auch die zögernden Bewegungen einer menschlichen Gestalt, die ihren Platz innerhalb kurzer Zeit zwei- oder dreimal gewechselt hatte – wie eine gewitzte Krähe, die sich dicht bei einem

wahrscheinlich eßbarer Brocken niederlassen möchte. Zwangsläufig ging die Gestalt auf Crosbys Bank vor Anker, und zwar nur so weit von dem ursprünglichen Inhaber entfernt, daß man sich ohne Anstrengung miteinander unterhalten konnte. Der abgetragene Anzug, der unpassende, bereits ergraute Bart und die verstohlenen, immer wieder ausweichenden Blicke des Neuangekommenen verrieten, daß es sich um einen berufsmäßigen Schmarotzer handelte: um einen Menschen, der lieber stundenlang demütigende Geschichten erzählt, als daß er das Wagnis auf sich nimmt, einen halben Tag lang eine anständige Arbeit zu tun.
Eine Weile sah der Neuankömmling starr und blicklos vor sich hin; dann kroch seine Stimme in der einschmeichelnden Art eines Mannes hervor, der eine für einen Menschen, der sonst nichts zu tun hat, durchaus anhörenswerte Geschichte zu erzählen hat.
«Eine merkwürdige Welt», sagte er.
Da diese Feststellung kein Echo fand, kleidete er sie in eine Frage. «Ich glaube beinahe, daß Sie diese Welt auch ziemlich merkwürdig finden, nicht wahr, Mister?»
«Soweit ich davon betroffen bin, hat sich die Merkwürdigkeit im Laufe von sechsunddreißig Jahren bereits abgenutzt», sagte Crosby.
«Möglich», sagte der Graubart. «Aber ich könnte Ihnen Geschichten erzählen, die Sie mir nicht glauben würden – seltsame Geschichten, die ich selbst erlebt habe.»
«Heutzutage hat niemand mehr Bedarf an seltsa-

men Geschichten, die auch noch wirklich passiert sind», sagte Crosby, um seinem Nachbarn den Mut zu nehmen. «Jeder Romanschriftsteller kann so etwas viel besser. Meine Nachbarn, zum Beispiel, erzählen mir die merkwürdigsten und unglaublichsten Geschichten über das, was ihre Airedales, Chow-Chows und Barsois alles angestellt haben. Ich höre ihnen nie zu. Andererseits habe ich den ‹Hund von Baskerville› dreimal gelesen.»
Unruhig rutschte der Graubart auf seinem Platz hin und her. Dann machte er einen neuen Vorstoß auf ein neues Gebiet.
«Sind Sie ein überzeugter Christ?» fragte er.
«Ich bin ein prominentes und – wie ich wohl behaupten darf – einflußreiches Mitglied der muselmanischen Gemeinschaft im östlichen Persien», sagte Crosby und machte damit selbst einen Abstecher auf das Gebiet des Romans.
Über diese Wendung des einleitenden Gesprächs war der Graubärtige sichtlich verwirrt. Aber seine Niedergeschlagenheit dauerte nur einen Augenblick.
«Persien? Ich hätte Sie nie für einen Perser gehalten», sagte er in einem fast bekümmerten Ton.
«Ich bin auch kein Perser», sagte Crosby. «Mein Vater war Afghane.»
«Afghane», sagte der andere und verfiel einen Augenblick in ein verwirrtes Schweigen. Dann hatte er sich wieder gefaßt und wiederholte seinen Angriff. «Afghanistan! Jaja! Ein paarmal haben wir mit diesem Land Krieg geführt. Anstatt es jedoch zu bekämpfen, könnten wir meiner Ansicht

nach von diesem Land eine Menge lernen. Ein sehr reiches Land ist es, glaube ich – ohne wirkliche Armut.»

Bei dem Wort ‹Armut› hatte sich seine Stimme etwas angehoben, als deute er damit ein starkes Gefühl an. Crosby erkannte die Eröffnung und wich aus.

«Trotz alledem besitzt Afghanistan eine Anzahl hochbegabter und einfallsreicher Bettler», sagte er. «Wenn ich mich vorhin nicht so geringschätzig über seltsame und merkwürdige Geschichten ausgelassen hätte, die wirklich passiert sind, würde ich Ihnen jetzt die Geschichte von Ibrahim und den elf Kamelladungen Löschpapier erzählen. Außerdem habe ich vergessen, wie sie endete.»

«Meine eigene Lebensgeschichte ist merkwürdig genug», sagte der Fremde und unterdrückte offensichtlich den Wunsch, Ibrahims Geschichte zu erfahren. «Früher habe ich auch ganz anders ausgesehen als heute.»

«Im allgemeinen nimmt man an, daß wir uns im Laufe von sieben Jahren vollkommen ändern», sagte Crosby zur Erklärung der vorangegangenen Feststellung.

«Ich meine doch, daß meine persönlichen Verhältnisse nicht immer so armselig waren wie momentan», fuhr der Fremde hartnäckig fort.

«Das klingt nicht gerade sehr höflich», sagte Crosby förmlich. «Wenn man bedenkt, daß Sie momentan mit einem Manne sprechen, der zu den begabtesten Gesprächspartnern der afghanischen Grenzgebiete gerechnet wird.»

«So habe ich es nicht gemeint», meinte der Graubärtige eilends. «Das, was Sie sagen, interessiert mich ungemein. Ich spielte lediglich auf meine finanziell schwierige Situation an. Sie werden es kaum glauben – aber im Augenblick bin ich völlig bargeldlos. Und es besteht auch nicht die Aussicht, daß sich dies innerhalb der nächsten Tage ändern wird. Ich glaube kaum, daß Sie sich jemals in der gleichen Lage befanden», fügte er noch hinzu.

«In Yom, einer Stadt im Süden Afghanistans, die zufällig mein Geburtsort ist, lebte einmal ein chinesischer Philosoph, der zu sagen pflegte, daß Bargeldlosigkeit zu den drei wichtigsten menschlichen Segnungen gehöre», sagte Crosby. «Die anderen beiden habe ich leider vergessen.»

«Was Sie nicht sagen», meinte der Fremde, und sein Ton verriet, daß er für jene Philosophie kaum Begeisterung empfand. «Und hat er seine Lehre vorgelebt? Darauf kommt es nämlich an!»

«Er war glücklich – und besaß kaum Geld», erwiderte Crosby.

«Dann hat er wahrscheinlich Freunde gehabt, die ihm großzügig halfen, wenn er sich in Schwierigkeiten befand – wie ich jetzt zum Beispiel.»

«In Yom braucht man keine Freunde, wenn man sich in Schwierigkeiten befindet», sagte Crosby. «Für jeden Einwohner Yoms ist es eine Selbstverständlichkeit, auch einem Fremden zu helfen.»

Der Graubärtige zeigte jetzt aufrichtiges Interesse; die Unterhaltung nahm eine günstige Wendung.

«Wenn ein Mensch wie ich, zum Beispiel, unverschuldet in Schwierigkeiten gerät und einen Einwohner der von Ihnen genannten Stadt um ein kleines Darlehen bittet, damit er über die nächsten Tage hinwegkommt – um ein Darlehen von, sagen wir, rund fünf Shillings –, würde man es ihm also als eine Art Selbstverständlichkeit geben?»

«Zuerst müßten gewisse Voraussetzungen erfüllt sein», erwiderte Crosby. «Man würde mit ihm zu einem Weinhändler gehen und ihm ein Glas Wein vorsetzen. Nach einer kurzen, geistvollen Unterhaltung würde man ihm dann die gewünschte Summe in die Hand drücken und sich verabschieden. Es ist die etwas umständliche Form einer ganz einfachen Transaktion – aber im Osten ist man eben umständlich.»

Die Augen des Graubärtigen leuchteten plötzlich auf.

«Ich vestehe!» sagte er aufgeregt, und ein leichter Spott schwang in seiner Stimme mit. «Aber als Sie Ihr Land verließen, haben Sie vermutlich auch dessen großzügige Sitten und Gebräuche aufgegeben – ich meine: Seitdem üben Sie sie wahrscheinlich nicht mehr aus, nicht wahr?»

«Kein Mensch», sagte Crosby inbrünstig, «der jemals in Yom gelebt hat und sich der grünen, mit Aprikosen und Mandelbäumen bestandenen Hügel sowie des kühlen Wassers erinnert, das wie liebkosend von den schneebedeckten Bergen herunterrauscht und unter den kleinen Holzbrücken hindurchfließt – kein Mensch, der sich dieser Dinge erinnert und sie wie Kleinodien in seinem Herzen aufbewahrt, wird eine dieser ungeschriebenen Sitten oder einen dieser Bräuche aufgeben. Für mich

sind sie genauso bindend, als lebte ich noch in der hügeligen Heimat meiner Jugend.»
«Wenn ich Sie also ...» Der Graubärtige rutschte ein Stück an seinen Nachbarn heran und überlegte fieberhaft, wie groß seine Bitte sein konnte, ohne gefährdet zu sein. «Wenn ich Sie also um ein kleines Darlehen von, sagen wir, rund ...»
«Sonst jederzeit – das ist selbstverständlich», unterbrach Crosby ihn. «In den Monaten November und Dezember ist es für Menschen meiner Rasse jedoch strikt verboten, Darlehen und Geschenke anzunehmen oder zu geben; an sich dürfen wir nicht einmal davon sprechen. Wir glauben, daß es uns Unglück bringt. Und aus diesem Grunde wollen wir unsere Unterhaltung jetzt beenden.»
«Aber wir sind doch noch im Oktober», klagte der Versucher ärgerlich, als Crosby sich erhob. «Der November beginnt erst in acht Tagen!»
«Der afghanische November begann bereits gestern», sagte Crosby ernst. Und im nächsten Augenblick schlenderte er schon weiter durch den Park, während sein Banknachbar mit gerunzelter Stirn zurückblieb und wütend vor sich hin knurrte.
«Kein Wort glaube ich von der ganzen Geschichte», murmelte er. «Alles war erlogen, von Anfang bis Ende! Hätte ich es ihm nur ins Gesicht gesagt! Und Afghane will er auch noch sein!»
Die wütenden Worte, die im Laufe der nächsten Viertelstunde seinen Lippen entflohen, bestätigten im wesentlichen nur die Wahrheit des alten Sprichwortes, daß zwei Menschen, die an einem Handel beteiligt sind, nie einer Meinung sind.

Inhaltsverzeichnis